Grégoire Delacourt

LA LISTE
DE
MES ENVIES

ÉDITIONS FRANCE LOISIRS

Édition du Club France Loisirs,
avec l'autorisation des Éditions J C Lattès.

Éditions France Loisirs,
123, boulevard de Grenelle, Paris.
www.franceloisirs.com

© 2012, éditions Jean-Claude Lattès
ISBN : 978-2-298-05995-3

Voici la liste de mes
envies pour tous les lecteurs
de ce livre :
   – Que votre rencontre
avec Jocelyne vous soit un
peu moment de bonheur,
   – Que son histoire vous
enchante et surtout,
   – Qu'elle vous donne envie
de réaliser toutes... vos envies !
Amicalement,
Grégoire Delacourt.

Pour la fille assise sur la voiture ;
oui, elle était là.

« Toutes les peines sont permises,
toutes les peines sont conseillées ;
il n'est que d'aller, il n'est que d'aimer. »

Le Futur intérieur, Françoise Leroy

On se ment toujours.

Je sais bien, par exemple, que je ne suis pas jolie. Je n'ai pas des yeux bleus dans lesquels les hommes se contemplent ; dans lesquels ils ont envie de se noyer pour qu'on plonge les sauver. Je n'ai pas la taille mannequin ; je suis du genre pulpeuse, enrobée même. Du genre qui occupe une place et demie. J'ai un corps dont les bras d'un homme de taille moyenne ne peuvent pas tout à fait faire le tour. Je n'ai pas la grâce de celles à qui l'on murmure de longues phrases, avec des soupirs en guise de ponctuation ; non. J'appelle plutôt la phrase courte. La formule brutale. L'os du désir, sans la couenne ; sans le gras confortable.

Je sais tout ça.

Et pourtant, lorsque Jo n'est pas encore rentré, il m'arrive de monter dans notre chambre et de me planter devant le miroir de notre armoire-penderie – il faut que je lui rappelle de la fixer au mur avant qu'un de ces jours, elle ne m'écrabouille pendant ma *contemplation*.

Je ferme alors les yeux et je me déshabille doucement, comme personne ne m'a jamais déshabillée. J'ai chaque fois un peu froid ; je frissonne. Quand je suis tout à fait nue, j'attends un peu avant d'ouvrir les yeux. Je savoure. Je vagabonde. Je rêve. Je revois les corps émouvants alanguis dans les livres de peinture qui traînaient chez nous ; plus tard, les corps plus crus des magazines.

Puis je relève doucement mes paupières, comme au ralenti.

Je regarde mon corps, mes yeux noirs, mes seins petits, ma bouée de chair, ma forêt de poils sombres et je me trouve belle et je vous jure qu'à cet instant, je suis belle, très belle même.

Cette beauté me rend profondément heureuse. Terriblement forte.

Elle me fait oublier les choses vilaines. La mercerie un peu ennuyeuse. Les parlottes et le loto de Danièle et Françoise – les jumelles qui tiennent le salon Coiff'Esthétique voisin de la mercerie. Elle me fait oublier les choses immobiles, cette beauté. Comme une vie sans histoires. Comme cette ville épouvantable, sans aéroport ; cette ville grise d'où l'on ne peut pas s'enfuir et où personne n'arrive jamais, aucun voleur de cœur, aucun chevalier blanc sur un cheval blanc.

Arras. 42 000 habitants, 4 hypermarchés, 11 supermarchés, 4 fast-foods, quelques rues médiévales, une plaque rue du Miroir-de-Venise qui indique aux passants et aux oublieux qu'ici est né Eugène-François Vidocq le 24 juillet 1775. Et puis ma mercerie.

Nue, si belle devant le miroir, il me semble qu'il suffirait juste de battre des bras pour que je m'envole, légère, gracieuse. Que mon corps rejoigne ceux des livres d'art qui traînaient dans la maison de mon enfance. Il serait alors aussi beau qu'eux ; définitivement.

Mais je n'ose jamais.

Le bruit de Jo, en bas, me surprend toujours. Un accroc dans la soie de mon rêve. Je me rhabille à la va-vite. L'ombre couvre la clarté de ma peau. Je sais la beauté rare sous mes habits. Mais Jo ne la voit jamais.

Une fois, il m'a dit que j'étais belle. Il y a plus de vingt ans et j'avais un peu plus de vingt ans. J'étais joliment vêtue, une robe bleue, une ceinture dorée, un faux air de Dior ; il voulait coucher avec moi. Son compliment eut raison de mes jolis vêtements.

Vous voyez, on se ment toujours.

Parce que l'amour ne résisterait pas à la vérité.

Jo, c'est Jocelyn. Mon mari depuis vingt et un ans.

Il ressemble à Venantino Venantini, le beau gosse qui jouait Mickey le bègue dans *Le Corniaud* et Pascal le flingueur dans *Les Tontons flingueurs*. Mâchoire volontaire, regard sombre, accent italien à se pâmer, soleil, peau dorée, roucoulades dans la voix qui donnent la chair de poule aux poules sauf que mon Jocelyno Jocelyni lui, il a dix kilos de plus et un accent loin de faire s'étourdir les filles.

Il travaille chez Häagen-Dazs depuis l'ouverture de l'usine, en 1990. Il gagne deux mille quatre cents euros par mois. Il rêve d'un écran plat à la place de notre vieux poste Radiola. D'une Porsche Cayenne. D'une cheminée dans le salon. De la collection complète des *James Bond* en DVD. D'un chronographe Seiko. Et d'une femme plus belle et plus jeune que moi ; mais ça il ne me le dit pas.

Nous avons deux enfants. Trois en fait. Un garçon, une fille et un cadavre.

Romain a été conçu le soir où Jo m'a dit qu'il me trouvait belle et où ce mensonge m'a fait perdre la tête, les vêtements et le pucelage. Il y avait une chance sur des milliers pour que je tombe enceinte la première fois et c'est tombé sur moi. Nadine est arrivée deux ans après et depuis je n'ai plus jamais retrouvé mon poids idéal. Je suis restée grosse, une sorte de femme enceinte vide, un ballon rempli de rien.

Une bulle d'air.

Jo a cessé de me trouver belle, de me toucher ; il s'est mis à traîner devant le Radiola le soir en mangeant les glaces qu'on lui donnait à l'usine, puis à boire des 33 Export. Et j'ai pris l'habitude de m'endormir seule.

Une nuit, il m'a réveillée. Il était tout dur. Il était ivre, il pleurait. Alors je l'ai accueilli en moi et cette nuit-là Nadège s'est faufilée dans mon ventre et s'est noyée dans mes chairs et mon chagrin. Quand elle est sortie, huit mois plus tard, elle était bleue. Son cœur était muet. Mais elle avait des ongles ravissants, des cils très longs, et je suis sûre qu'elle était jolie même si je n'ai jamais vu la couleur de ses yeux.

Le jour de la naissance de Nadège, qui fut aussi celui de sa mort, Jo a arrêté les bières. Il a cassé des choses dans notre cuisine. Il a crié. Il a dit que la vie était dégueulasse, que la vie était une pute, une putain de pute. Il a frappé sa poitrine, son front, son cœur et les murs. Il a dit c'est trop court une vie. C'est injuste. Faut en profiter bordel de merde parce qu'on n'a pas le temps ; mon bébé, il a ajouté en parlant de Nadège, ma petite fille, où es-tu ? Où es-tu ma puce ? Romain et Nadine ont filé apeurés dans leur chambre et Jo, ce jour-là, a commencé à rêver aux belles choses qui rendent la vie plus douce et la douleur moins forte. Un écran plat. Une Porsche Cayenne. James Bond. Et une jolie femme. Il était triste.

Moi, mes parents m'ont prénommée Jocelyne.

Il y avait une chance sur des millions pour que j'épouse un Jocelyn et il a fallu que ça tombe sur moi. Jocelyn et Jocelyne. Martin et Martine. Louis et Louise. Laurent et Laurence. Raphaël et Raphaëlle. Paul et Paule. Michel, Michèle. Une chance sur des millions.

Et c'est tombé sur moi.

J'ai repris la mercerie l'année de mon mariage avec Jo.

J'y travaillais depuis deux ans déjà lorsque la propriétaire avala de travers un bouton qu'elle mordillait afin de s'assurer qu'il était bien en ivoire. Le bouton glissa sur la langue humide, se ficha dans le laryngopharynx, attaqua un ligament crico-thyroïdien et se ficha dans l'aorte ; Mme Pillard ne s'entendit donc pas étouffer, pas plus que moi d'ailleurs, le bouton bouchant tout.

C'est le bruit de chute qui m'alerta.

Le corps entraîna dans son effondrement les boîtes de boutons ; huit mille boutons roulèrent dans la petite boutique et ce fut la première chose à laquelle je pensai en découvrant le drame : combien de jours et de nuits allais-je passer à quatre pattes à trier les huit mille boutons fantaisie, métal, bois, enfant, haute couture, etc.

Le fils adoptif de Mme Pillard arriva de Marseille pour l'enterrement, me proposa de reprendre la boutique, la banque fut d'accord et le 12 mars 1990 un peintre délicat vint typographier *Mercerie Jo, anciennement Maison Pillard* sur le fronton et sur la porte de la petite boutique. Jo était fier. *Mercerie Jo*, disait-il en se bombant le torse, en faisant le médaillé, Jo, Jo c'est moi, c'est mon nom !

Je le regardais et je le trouvais beau et je pensais que j'avais de la chance de l'avoir pour mari.

Cette première année de mariage fut flamboyante. La mercerie. Le nouveau travail de Jo à l'usine. Et la naissance à venir de Romain.

Mais jusqu'ici la mercerie n'a jamais marché très fort. Je dois faire face à la concurrence de 4 hypermarchés, 11 supermarchés, aux prix scélérats du mercier du marché le samedi, à la crise qui rend les gens peureux et méchants et à l'indolence des Arrageoises, qui préfèrent la facilité du prêt-à-porter à la créativité du fait main.

En septembre, on vient me commander des étiquettes tissées à coudre ou thermocollantes ; quelques fermetures éclair, des aiguilles et du fil quand on veut réparer les vêtements de l'an passé plutôt que d'en acheter des neufs.

À Noël, des patrons de déguisements. La princesse reste ma meilleure vente, suivie de la fraise et de la citrouille. Côté garçon, le pirate fonctionne bien et l'an dernier fut la folie du sumo.

Puis c'est calme jusqu'au printemps. Quelques ventes de boîtes à couture, deux ou trois machines à coudre et du tissu au mètre. En attendant un miracle, je tricote. Mes modèles se vendent plutôt bien. Surtout les couvertures-sacs pour nouveau-nés, les écharpes et les pulls en coton à crocheter.

Je ferme la boutique entre midi et deux et je rentre déjeuner seule à la maison. Parfois, quand il fait beau, nous allons avec Danièle et Françoise manger un croque en terrasse, à L'Estaminet ou au Café Leffe, sur la place des Héros.

Elles sont jolies, les jumelles. Je sais bien qu'elles se servent de moi pour mettre en valeur leurs tailles fines, leurs jambes longues, leurs yeux clairs de biches ; délicieusement effarouchées. Elles sourient aux hommes qui déjeunent seuls ou à deux, elles minaudent, roucoulent parfois. Leurs corps lancent des messages, leurs soupirs sont des bouteilles à la mer et parfois un homme en cueille une, le temps d'un café, d'une promesse chuchotée, d'une désillusion – les hommes manquent tellement d'imagination ; puis vient l'heure de rouvrir nos boutiques. C'est toujours à ce moment-là, sur le chemin du retour, que nos mensonges refont surface. J'en ai marre de cette ville, j'ai l'impression de vivre dans une brochure historique, ahhh j'étouffe, dit Danièle, dans un an je serai loin, au soleil, je me referai les seins. Si j'avais de l'argent, ajoute Françoise, je plaquerais tout, comme ça, du jour au lendemain. Et toi, Jo ?

Je serais belle et mince et plus personne ne me mentirait, pas même moi. Mais je ne réponds rien, je me contente de sourire aux jolies jumelles. De mentir.

Quand nous n'avons pas de clientes, elles me proposent toujours une manucure ou un brushing ou un masque ou une parlotte, comme elles disent. De mon côté, je leur tricote des bérets ou des gants qu'elles ne portent jamais. Grâce à elles, je suis ronde mais soignée, manucurée ; je suis au courant des coucheries des uns et des autres, des problèmes de Denise de La Maison du Tablier avec la traîtresse Genièvre de Loos et ses 49° d'alcool, de la retoucheuse de chez Charlet-Fournie qui a pris vingt kilos depuis que son mari s'est entiché du shampooineur de chez Jean-Jac, et nous avons toutes trois l'impression d'être les trois personnes les plus importantes du monde.

Enfin, d'Arras.

De la rue, en tout cas.

Voilà. J'ai quarante-sept ans.

Nos enfants sont partis. Romain est à Grenoble, en deuxième année d'une école de commerce. Nadine est en Angleterre, elle fait du baby-sitting et des films vidéo. L'un de ses films a été projeté dans un festival où elle a gagné un prix et depuis, nous l'avons perdue.

La dernière fois où nous la vîmes, c'était à Noël dernier.

Quand son père lui a demandé ce qu'elle faisait, elle a sorti une petite caméra de son sac et l'a branchée sur le Radiola. Nadine n'aime pas les mots. Elle parle très peu depuis qu'elle parle. Elle ne m'a jamais dit maman j'ai faim, par exemple. Elle se levait et prenait alors quelque chose à manger. Jamais dit : fais-moi réciter mon poème, ma leçon, mes tables de multiplication. Elle gardait les mots en elle, comme s'ils étaient rares. Nous conjuguions le silence elle et moi : regards, gestes, soupirs en lieu et place de sujets, verbes, compléments.

Sur l'écran sont apparues des images en noir et blanc de trains, de rails, d'aiguillages ; au début, c'était très lent, puis tout s'est accéléré lentement, les images se sont superposées, le rythme devenait envoûtant, fascinant ; Jo s'est levé, a été prendre une bière sans alcool dans le frigo ; je ne pouvais détacher mes yeux de l'écran, ma main a pris celle de ma fille, *sujet*, des ondes ont parcouru mon corps, *verbe*, Nadine a souri, *complément*. Jo bâillait. Je pleurais.

Quand le film a été fini, Jo a dit qu'en couleurs, avec du son et sur un écran plat, ça serait pas mal ton film fillette, et moi je lui ai dit merci, merci Nadine, je ne sais pas ce que tu as voulu dire avec ton film, mais j'ai *réellement* ressenti quelque chose. Elle a débranché la petite caméra du Radiola et elle a chuchoté en me regardant : j'ai écrit le *Boléro* de Ravel en images maman, pour que les sourds puissent l'entendre.

Alors j'ai serré ma fille contre moi, contre ma chair flasque, et j'ai laissé mes larmes couler parce que même si je ne comprenais pas tout, je devinais qu'elle vivait dans un monde sans mensonges.

Le temps de ce lien je fus une maman comblée.

Romain est arrivé plus tard, au moment de la bûche et des cadeaux. Il avait une *fille* à son bras. Il a bu des Tourtel avec son père, en faisant le difficile : c'est de la pisse d'âne, ce truc, a-t-il dit et Jo l'a fait taire en lâchant un méchant ouais, ben demande à Nadège ce que ça fait la bibine, elle va te le dire, p'tit con, sale petit con. La *fille* a alors bâillé et Noël a été gâché. Nadine n'a pas dit au revoir, elle s'est éclipsée dans le froid, volatilisée comme de la buée. Romain a fini la bûche ; il a essuyé ses lèvres avec le revers de sa main, il a léché ses doigts et je me suis alors demandé à quoi servirent toutes ces années à lui apprendre à bien se tenir, à ne pas mettre ses coudes à table, à dire merci ; tous ces mensonges. Avant de partir à son tour, il nous a informés qu'il arrêtait ses études et qu'il allait travailler avec la *fille* comme serveur au Palais Breton, une crêperie sise à Uriage, ville thermale à dix minutes de Grenoble. J'ai regardé mon Jo ; mes yeux criaient, dis quelque chose, empêche-le, retiens-le, mais il a juste levé sa bouteille vers notre fils, comme le font parfois les hommes dans les films américains, et il lui a souhaité bonne chance et ce fut tout.

Voilà. J'ai quarante-sept ans.

Nos enfants vivent leur vie maintenant. Jo ne m'a pas encore quittée pour une plus jeune, une plus mince, plus belle. Il travaille beaucoup à l'usine ; on lui a donné une prime le mois dernier et s'il suit une formation, on lui a dit qu'il pourrait un jour être contremaître ; contremaître, ça le rapprocherait de ses rêves.

Son Cayenne, son écran plat, son chronographe.

Moi, mes rêves, ils se sont enfuis.

Au CM2, je rêvais d'embrasser Fabien Derôme et c'est Juliette Bocquet qui a eu droit à son baiser.

Le 14 juillet de mes treize ans, j'ai dansé sur « L'Été indien » et j'ai prié pour que mon cavalier hasarde sa main sur ma poitrine nouvelle ; il n'a pas osé. Après le slow, je l'ai vu rire avec ses copains.

L'année de mes dix-sept ans, j'ai rêvé que ma mère se relève du trottoir où elle était tombée brutalement en poussant un cri qui n'est pas sorti, j'ai rêvé que ce n'était pas vrai, pas vrai, pas vrai ; qu'il n'y eut pas soudain cette tache entre ses jambes qui mouillait honteusement sa robe. À dix-sept ans je rêvais que ma mère fût immortelle, qu'elle puisse m'aider à coudre ma robe de mariée un jour et me conseiller dans le choix du bouquet, le parfum du gâteau, la couleur pâle des dragées.

À vingt ans je rêvais d'être styliste, de filer à Paris suivre les cours du Studio Berçot ou d'Esmod, mais mon père était malade déjà et j'acceptai ce travail à la mercerie de Mme Pillard. Je rêvais alors en secret de Solal, du prince charmant, de Johnny Depp et Kevin Costner du temps où il n'avait pas d'implants, et ce fut Jocelyn Guerbette, mon Venantino Venantini enrobé, gentiment grassouillet et complimenteur.

Nous nous rencontrâmes pour la première fois à la mercerie alors qu'il venait y acheter trente centimètres de dentelle de Valenciennes pour sa mère, une dentelle aux fuseaux à fils continus, très fine, aux motifs travaillés en mat ; une merveille. C'est vous qui êtes une merveille, me dit-il. Je rougis. Mon cœur s'emballa. Il sourit. Les hommes savent les désastres que certains mots déclenchent dans le cœur des filles ; et nous, pauvres idiotes, nous pâmons et tombons dans le piège, excitées qu'un homme nous en ait enfin tendu un.

Il me proposa de boire un café après la fermeture. J'avais cent fois, mille fois rêvé ce moment où un homme m'inviterait, me courtiserait, me convoiterait. J'avais rêvé d'être ravie, emportée loin dans le feulement d'une automobile rapide, poussée à bord d'un avion qui volerait vers des îles. J'avais rêvé de cocktails rouges, de poissons blancs, de paprika et de jasmin mais pas d'un café au Tabac des Arcades. Pas d'une main moite sur la mienne. Pas de ces mots sans grâce, ces phrases huileuses, ces mensonges déjà.

Alors ce soir-là, après que Jocelyn Guerbette m'eut embrassée, affamé et impatient, après que je l'eus délicatement repoussé et qu'il se fut éloigné en promettant de revenir me voir le lendemain, j'ouvris mon cœur et laissai mes rêves s'envoler.

Je suis heureuse avec Jo.

Il n'oublie aucun de nos anniversaires. Le week-end, il aime bricoler au garage. Il fabrique des petits meubles que nous vendons dans les brocantes. Il y a trois mois, il a installé le wifi parce que j'avais décidé d'écrire un blog sur mes tricots. Parfois, après avoir mangé, il me pince la joue en disant t'es gentille toi Jo, t'es une bonne petite. Je sais. Ça peut vous sembler un brin machiste, mais ça vient de son cœur. Il est comme ça, Jo. La finesse, la légèreté, la subtilité des mots, il ne connaît pas bien. Il n'a pas lu beaucoup de livres ; il préfère les résumés aux raisonnements ; les images aux légendes. Il aimait bien les épisodes de Columbo parce que dès le début, on connaissait l'assassin.

Moi, les mots, j'aime bien. J'aime bien les phrases longues, les soupirs qui s'éternisent. J'aime bien quand les mots cachent parfois ce qu'ils disent ; ou le disent d'une manière nouvelle.

Quand j'étais petite, je tenais un journal. Je l'ai arrêté le jour de la mort de maman. En tombant, elle a aussi fait tomber mon stylo et se fracasser plein de choses.

Alors, quand on discute, Jo et moi, c'est surtout moi qui parle. Il m'écoute en buvant sa fausse bière ; parfois même il opine du chef, comme on dit, pour me signifier qu'il comprend, qu'il s'intéresse à mes histoires et même si ça n'est pas vrai, c'est gentil de sa part.

Pour mes quarante ans, il a posé une semaine de vacances à l'usine, il a conduit les enfants chez sa mère et il m'a emmenée à Étretat. Nous sommes descendus à l'hôtel de l'Aiguille Creuse, en demi-pension. Nous avons passé quatre jours merveilleux et il m'a alors semblé, pour la première fois de ma vie, que c'était ça, être amoureuse. Nous faisions de longues promenades sur les falaises en nous tenant la main ; parfois, quand il n'y avait pas d'autres promeneurs, il me plaquait contre les rochers, il embrassait ma bouche et sa main coquine venait se perdre dans ma culotte. Il avait des mots simples pour décrire son désir. Le jambon sans la couenne. *Tu m'fais bander. Tu m'excites.* Et un soir, à l'heure violette sur la falaise d'Aval, je lui ai dit merci, je lui ai dit prends-moi, et il m'a fait l'amour dehors, vite, brutalement ; et c'était bien. Quand nous sommes rentrés à l'hôtel, nous avions les joues rouges et la bouche sèche, comme des adolescents un peu ivres et ce fut un beau souvenir.

Le samedi, Jo aime bien traîner avec les gars de l'usine. Ils jouent aux cartes au Café Georget, ils se disent des trucs d'hommes ; ils parlent des femmes, ils échangent leurs rêves, parfois ils sifflent des filles de l'âge des leurs mais ce sont de bons bougres ; *d'grands parlous p'tits faisous*, comme on dit chez nous ; ce sont nos hommes.

L'été, les enfants vont chez des amis et Jo et moi descendons dans le Midi pour trois semaines, à Villeneuve-Loubet, au camping du Sourire. On y retrouve J.-J. et Marielle Roussel qu'on a rencontrés là, par hasard, il y a cinq ans – ils sont de Dainville, à quatre kilomètres seulement d'Arras ! – et Michèle Henrion, de Villeneuve-sur-Lot, la capitale du pruneau, une femme plus âgée que nous, restée vieille fille ; ça, c'est parce qu'elle suce le noyau, prétend Jo ; qu'elle descend au barbu. Pastis égrillard, grillades, sardines ; la plage à Cagnes en face de l'hippodrome quand il fait très chaud, une ou deux fois Marineland, les dauphins, les ota-ries et puis les toboggans d'eau, nos cris de frayeur à chaque fois, qui finissent en rires et en joies d'enfants.

Je suis heureuse avec Jo.

Ce n'est pas la vie dont rêvaient mes mots dans le journal du temps où maman était vivante. Ma vie n'a pas la grâce parfaite qu'elle me souhaitait le soir, lorsqu'elle venait s'asseoir à côté de moi, sur le lit ; lorsqu'elle caressait doucement mes cheveux en murmurant : tu as du talent, Jo, tu es intelligente, tu auras une jolie vie.

Même les mamans mentent. Parce qu'elles aussi, elles ont peur.

Il n'y a que dans les livres que l'on peut changer de vie. Que l'on peut tout effacer d'un mot. Faire disparaître le poids des choses. Gommer les vilenies et au bout d'une phrase, se retrouver soudain au bout du monde.

Danièle et Françoise jouent au loto depuis dix-huit ans. Chaque semaine, pour dix euros de mise, elles font des rêves à vingt millions. Une villa sur la Côte d'Azur. Un tour du monde. Même juste un voyage en Toscane. Une île. Un lifting. Un diamant, une Santos Dumont Lady de Cartier. Cent paires de Louboutin et de Jimmy Choo. Un tailleur Chanel rose. Des perles, des vraies perles comme Jackie

Kennedy, qu'est-ce qu'elle était belle ! Elles attendent la fin de la semaine comme d'autres le Messie. Chaque samedi leurs cœurs s'emballent quand les boules tourneboulent. Elles retiennent leur souffle, elles ne respirent plus ; à chaque fois on pourrait mourir, disent-elles en chœur.

Il y a douze ans, elles ont gagné de quoi ouvrir Coiff'Esthétique. Elles m'ont fait porter un bouquet de fleurs tous les jours qu'ont duré les travaux et depuis, bien que j'aie développé une féroce allergie aux fleurs, nous sommes devenues amies. Elles occupent ensemble le dernier étage d'une maison qui donne sur le jardin du Gouverneur, avenue des Fusillés. Françoise a bien failli se fiancer plusieurs fois, mais à l'idée d'abandonner sa sœur elle a préféré abandonner l'idée de l'amour ; par contre, en 2003, Danièle s'est installée avec un représentant en shampooings, soins et colorations professionnels L'Oréal, un grand ténébreux à la voix de baryton, aux cheveux noir corbeau ; un exotique. Elle avait succombé à l'odeur sauvage de sa peau mate, craqué pour les poils noirs des phalanges de ses longs doigts ; elle avait rêvé d'amours animales, Danièle, de combats, de catch chaud, de chairs mêlées, mais si le grand singe avait les couilles bien remplies comme il fallait, il se révéla l'intérieur vide, immensément, tragiquement désertique. C'était un très bon coup, me confia-t-elle un mois plus tard en rentrant, sa valise sous le bras, un coup d'anthologie, mais après le coup, plus rien, le représentant fait dodo, ronfle, puis il repart à l'aube faire ses tournées velues, niveau culture, zéro et moi, quoi qu'on en dise, moi j'ai besoin de parler, d'échanger ; on n'est pas des bêtes quand même, ça non, on a besoin d'âme.

Le soir de son retour, nous allâmes toutes les trois dîner à la Coupole, crevettes roses sur lit de perles du Nord pour Françoise et moi, andouillette d'Arras gratinée au maroilles pour Danièle, qu'est-ce que vous voulez, moi, une rupture ça me fait un trou, une béance, faut que je comble, et après une bouteille de vin elles se promirent en hurlant de rire de ne plus jamais se quitter, ou que si l'une des deux rencontrait un homme, de le partager avec l'autre.

Puis elles voulurent aller danser au Copaca-bana ; on tombera peut-être sur deux beaux gars, dit l'une ; sur deux bons numéros, fit l'autre en riant, et je ne les accompagnai pas.

Depuis le 14 juillet de mes treize ans, « L'Été indien » et ma poitrine naissante, je ne danse plus.

Les jumelles ont disparu dans la nuit, emportant avec elles leurs rires et le claquement doucement vulgaire de leurs talons sur les pavés, et je suis rentrée chez nous. J'ai traversé le boulevard de Strasbourg, j'ai remonté la rue Gambetta jusqu'au palais de Justice. Un taxi est passé, ma main a tremblé ; je me suis vue le héler, grimper à son bord. Je me suis entendue dire « loin, le plus loin possible ». J'ai vu le taxi repartir avec moi à l'arrière, moi qui ne me retourne pas, moi qui ne me salue pas, qui ne me fais aucun dernier geste, qui n'ai aucun regret ; moi qui pars et qui disparais sans laisser de traces.

Il y a sept ans.

Mais je suis rentrée.

Jo dormait la bouche ouverte devant le Radiola ; un filet de salive brillait sur son menton. J'ai éteint la télévision. J'ai posé une couverture sur son corps tout tordu. Dans sa chambre, Romain se battait dans le monde virtuel de *Freelancer*. Dans la sienne, Nadine lisait les entretiens d'Hitchcock et de Truffaut ; elle avait treize ans.

Elle leva la tête lorsque je poussai la porte de sa chambre, elle me sourit et je la trouvai belle, immensément belle. J'aimais ses grands yeux bleus, je les appelais ses yeux de ciel. J'aimais sa peau claire où nul mal n'avait encore laissé d'écorchure. Ses cheveux noirs ; un cadre autour de sa pâleur délicate. J'aimais ses silences et l'odeur de sa peau. Elle se recula contre le mur, ne dit rien lorsque je vins m'allonger auprès d'elle. Puis elle caressa doucement mes cheveux comme le faisait maman et reprit sa lecture à voix basse cette fois, comme le fait un grand pour apaiser les craintes d'un petit.

Une journaliste de *L'Observateur de l'Arrageois* est passée à la mercerie ce matin. Elle voulait m'interviewer à propos de mon blog, *dixdoigtsdor*.

C'est un blog modeste.

J'y écris chaque matin à propos du bonheur du tricot, de la broderie, de la couture. J'y fais découvrir des étoffes, des laines ; les rubans pailletés, velours, satin et organdi ; les dentelles coton et élastiques ; les cordons queues de rat, lacet ciré, cordelière tressée rayonne, les cordons anorak. J'y parle parfois de la mercerie, d'un arrivage de scratch à coudre ou de bandes pression. J'y laisse aussi couler quelques vagues à l'âme de brodeuse, de dentellière ou de tisseuse ; les vagues à l'âme des femmes qui attendent. Nous sommes toutes des Nathalie, l'Iseult de *L'Éternel Retour*.

— Vous avez déjà plus de mille deux cents connexions par jour, s'écrie la journaliste, mille deux cents, rien que sur l'agglomération.

Elle a l'âge des enfants dont on est fiers. Elle est jolie avec ses taches de rousseur, ses gencives roses, ses dents si blanches.

Votre blog est inattendu. J'ai mille questions pour vous. Pourquoi chaque jour mille deux cents femmes viennent parler chiffons. Pourquoi soudain cet engouement pour le tricot, la mercerie... le toucher. Est-ce que vous pensez qu'on souffre de l'absence de contact. Est-ce que le virtuel n'a pas tué l'érotisme. Je l'arrête. Je ne sais pas, dis-je, je ne sais pas. Avant, on écrivait un journal intime, aujourd'hui c'est un blog. Vous écriviez un journal ? me relance-t-elle. Je souris. Non. Non, je n'écrivais pas de journal et je n'ai aucune réponse à vos questions, je suis désolée.

Alors elle pose son carnet, son crayon, son sac.

Elle plante ses yeux dans les miens. Elle écrase sa main sur la mienne et dit : ma mère vit seule depuis plus de dix ans. Elle se lève à six heures. Elle se prépare un café. Elle arrose ses plantes. Elle écoute les nouvelles à la radio. Elle boit son café. Elle fait un brin de toilette. Une heure plus tard, à sept heures, sa journée est finie. Il y a deux mois, une voisine lui a parlé de votre blog et elle m'a demandé de lui acheter un *machin* – un machin, dans son langage, c'est un ordinateur. Depuis, grâce à vos passementeries, vos bouffettes et vos embrasses, elle a retrouvé la joie de vivre. Alors ne me dites pas que vous n'avez pas de réponses.

La journaliste a rassemblé ses affaires en disant je reviendrai et vous aurez les réponses.

Il était onze heures vingt ce matin lorsqu'elle est partie. Mes mains tremblaient, mes paumes étaient moites.

Alors j'ai fermé la boutique et je suis rentrée chez nous.

J'ai souri en redécouvrant mon écriture d'adolescente.

Les points sur les *i* étaient des ronds, les *a* en caractères d'imprimerie et sur les *i* d'un certain Philippe de Gouverne, les points étaient des cœurs minuscules. Philippe de Gouverne. Je me souviens. C'était l'intellectuel de la classe ; le plus drôle aussi. On le raillait à cause de sa particule. On le surnommait *Pourta*. J'étais terriblement amoureuse de lui. Je le trouvais redoutablement séduisant avec son écharpe qui faisait deux fois le tour de son cou et tombait jusqu'à sa taille. Quand il racontait quelque chose, il parlait au passé simple et la musique de sa conjugaison m'envoûtait. Il disait qu'il serait écrivain. Ou poète. Qu'il écrirait des chansons. Qu'en tout cas, il ferait battre le cœur des filles. Tout le monde riait. Pas moi.

Mais je n'ai jamais osé l'aborder.

Je tourne les pages de mon journal. Des tickets de cinéma collés. Une photo de mon baptême de l'air à Amiens-Glisy avec papa, en 1970, pour mes sept ans. Il ne s'en souviendrait plus aujourd'hui. Depuis son accident, il est dans le présent. Il n'a plus de passé, pas de futur. Il est dans un présent qui dure six minutes et toutes les six minutes, le compteur de sa mémoire retombe à zéro. Toutes les six minutes il me demande mon prénom. Toutes les six minutes il demande quel jour on est. Toutes les six minutes il demande si maman va arriver.

Et puis je retrouve cette phrase à l'encre violette des filles, vers la fin de mon journal, écrite avant que maman ne s'effondre sur le trottoir.

J'aimerais avoir la chance de décider de ma vie, je crois que c'est le plus grand cadeau qui puisse nous être fait.

Décider de sa vie.

Je referme le journal. Je suis grande maintenant alors je ne pleure pas. J'ai quarante-sept ans, un mari fidèle, gentil, sobre ; deux grands enfants et une petite âme qui me manque parfois ; j'ai un magasin qui, bon an mal an, parvient à nous rapporter, en plus du salaire de Jo, de quoi avoir une jolie vie, d'agréables vacances à Villeneuve-Loubet et pourquoi pas, un jour, nous permettre de réaliser son rêve de voiture (j'ai vu une occasion qui m'a semblé très bien à trente-six mille euros). J'écris un blog qui procure de la joie à la maman d'une journaliste de *L'Observateur de l'Arrageois*, probablement à mille cent quatre-vingt-dix-neuf autres dames chaque jour. Et au vu des bons chiffres, l'hébergeur m'a tout récemment proposé d'y vendre de l'espace publicitaire.

Jo me rend heureuse et je n'ai jamais eu envie d'un autre homme que lui, mais dire que j'ai décidé de ma vie, ça non.

En retournant à la mercerie, je traverse la place des Héros quand soudain j'entends crier mon nom. Ce sont les jumelles. Elles boivent un café en faisant leur loto. Joue, pour une fois, me supplie Françoise. Tu ne vas pas rester mercière toute ta vie. J'aime bien ma mercerie, dis-je. T'as pas envie d'autre chose ? renchérit Danièle. Allez, s'il te plaît. Alors je me dirige vers le buraliste et demande un bulletin. Lequel ? Lequel quoi ? Le loto *Loto* ou l'Euro Millions ? Je n'en sais rien, moi. L'Euro Millions alors, il y a une belle cagnotte vendredi. Je lui donne les deux euros qu'il réclame. La machine choisit des chiffres et des étoiles pour moi puis il me tend un bulletin. Les jumelles applaudissent.

— Enfin ! Enfin notre petite Jo va faire de beaux rêves cette nuit.

J'ai très mal dormi.

Jo a été malade toute la nuit. Diarrhées. Vomissements. Depuis plusieurs jours, lui qui ne se plaint jamais, se plaint de courbatures. Il frissonne sans cesse – et ce n'est pas à cause de mes caresses fraîches sur son front brûlant ni de mes massages sur sa poitrine pour apaiser sa toux, pas davantage parce que je chantonne des comptines de maman pour le rassurer.

Le médecin est venu.

C'est probablement la grippe A/H1N1, cette saloperie meurtrière. Pourtant, à l'usine, ils appliquent toutes les consignes de sécurité. Port du masque FFP2, gel hydro-alcoolique, aération régulière des ateliers, interdiction de se serrer la main, de s'embrasser, de s'enculer ajoutait Jo en riant, il y a deux jours, avant que ça ne lui tombe dessus. Le docteur Caron lui a prescrit de l'Osel-tamivir (le fameux Tamiflu) et beaucoup de repos. Ça fera vingt-huit euros, madame Guer-bette. Jo s'est endormi au matin. Et bien qu'il n'ait pas d'appétit, je suis allée chercher deux croissants beurre chez François Thierry, ses pré-férés, je lui ai préparé un thermos de café que j'ai déposé sur sa table de nuit, au cas où. Je l'ai regardé dormir un petit moment. Il respirait bruyamment. Des perles de transpiration nais-saient à ses tempes, glissaient sur ses joues et venaient silencieusement éclater et mourir sur sa poitrine. J'ai vu ses rides nouvelles sur le front, de minuscules ridules autour de sa bouche, comme de minuscules ronces, sa peau qui com-mençait à se détendre dans le cou, là où il aimait que je l'embrasse, au début. J'ai vu ces années sur son visage, j'ai vu le temps qui nous éloigne de nos rêves et nous rapproche du silence. Je l'ai alors trouvé beau mon Jo dans son sommeil d'enfant malade, et j'ai aimé mon mensonge. J'ai pensé que si l'homme le plus beau du monde, le plus gentil, le plus *tout*, apparaissait là, maintenant, je ne me lèverais pas, je ne le suivrais pas, je ne lui sourirais même pas.

Je resterais là parce que Jo a besoin de moi et une femme a besoin qu'on ait besoin d'elle.

Le plus beau du monde, il n'a besoin de rien puisqu'il a tout le monde. Il a sa beauté ; et l'irrépressible fringale de toutes celles qui veulent s'en repaître et finiront par le dévorer et le laisseront mort, les os bien sucés, brillants et blancs, dans le fossé de leurs vanités.

Plus tard, j'ai appelé Françoise. Elle va scotcher une petite affichette sur la vitrine de la mercerie. *Fermé deux jours pour cause de grippe.* Puis j'ai relayé l'information sur mon blog.

Dans l'heure, je reçus cent mails.

On me proposait de tenir la mercerie le temps que mon mari se rétablisse. On me demandait la taille de Jo pour lui tricoter des pulls, des gants, des bonnets. On me demandait si j'avais besoin d'aide, de couvertures ; besoin d'une présence, pour la cuisine, le ménage, une amie pour discuter, faire face à ce mauvais moment. C'était incroyable. *Dixdoigtsdor* avait ouvert des vannes de gentillesse enfouie, oubliée. Mes histoires de cordelières, de coulisses et de fil pâtissier avaient, semble-t-il, créé un lien très fort ; une

49

communauté invisible de femmes qui, en redé-couvrant le plaisir de la couture, avaient remplacé la solitude des jours par la joie d'être soudain une famille.

On sonna à la porte.

C'était une femme du quartier, une adorable petite branche d'arbre sec, comme l'était l'actrice Madeleine Renaud. Elle apportait des tagliatelles. Je toussai. Tant de sollicitude inat-tendue m'étouffait. Je n'avais pas l'habitude que l'on me donne quelque chose sans que je l'aie demandé. Je ne pus parler. Elle sourit, si douce. Elles sont aux épinards et au fromage frais. Des féculents et du fer. Vous avez besoin de forces Jo. Je balbutiai un remerciement et mes larmes jaillirent. Inextinguibles.

Je suis passée voir mon père.

Après qu'il m'eut demandé qui j'étais, il réclama des nouvelles de maman. Je lui dis qu'elle faisait des courses, qu'elle passerait un peu plus tard. J'espère qu'elle m'apportera mon journal, dit-il, et de la mousse à raser, je n'en ai plus.

Je lui ai parlé de la mercerie. Et il m'a demandé pour la centième fois si c'était moi la patronne. Il n'en revenait pas. Il était fier. *Mercerie Jo, anciennement Maison Pillard, Mercerie Jo*, ton nom sur une enseigne Jo, tu te rends compte ! Je suis content pour toi. Puis il a relevé la tête, m'a regardée. Qui êtes-vous ?

Qui êtes-vous. Six minutes venaient de passer.

Jo allait mieux. L'Oseltamivir, le repos, les tagliatelles aux épinards et au fromage frais et mes comptines douces eurent raison de la grippe assassine. Il resta quelques jours à la maison, fit un peu de bricolage et, lorsqu'un soir il ouvrit une Tourtel et alluma la télévision, je sus qu'il était tout à fait rétabli. La vie reprit son cours, calme, docile.

Dans les jours qui suivirent, la mercerie ne désemplit pas et *dixdoigtsdor* comptabilisa plus de cinq mille visites par jour. Pour la première fois depuis vingt ans, je fus en rupture de stock sur les boutons en caséine, en corozo et galalithe, sur les dentelles au lacet et les guipures, les marquoirs et abécédaires ainsi que les pompons. Ce qui était le pompon puisque je n'en avais vendu aucun depuis un an. J'eus l'impression d'être au cœur d'un film à la guimauve de Frank Capra et je peux vous dire que parfois, la guimauve, c'est rudement bon.

Quand l'émotion fut retombée, nous fîmes, Danièle, Françoise et moi, des paquets avec les couvertures, les pulls, les taies d'oreillers brodées que l'on avait offerts à Jo et Danièle se chargea de les donner à une œuvre de bienfaisance du diocèse d'Arras.

Mais l'événement le plus important de cette période de notre vie, celui qui rendait les jumelles hystériques depuis deux jours, c'est que le bulletin gagnant de l'Euro Millions avait été validé à Arras. Arras, merde, dans notre trou du cul, ça aurait pu être nous ! crièrent-elles, dix-huit millions d'euros, d'accord d'accord, c'est un petit gain comparé aux soixante-quinze millions de Franconville, mais quand même, dix-huit millions ! Ah, ça me fait un deuxième trou du cul tiens !

Ce qui les rendait plus bouillantes encore, pratiquement au bord de l'apoplexie, c'était que le gagnant ne s'était toujours pas manifesté.

Et qu'il ne restait que quatre jours avant que la somme ne soit perdue et remise en jeu.

Je ne sais pas comment, mais je sus.

Je sus, sans avoir encore regardé les chiffres, que c'était moi.

Une chance sur soixante-seize millions, et ça tombait sur moi. Je lus l'encadré dans la *Voix du Nord*. Tout y était.

Le 6, le 7, le 24, le 30 et le 32. Les étoiles numéro 4 et 5.

Un bulletin validé à Arras, place des Héros. Une mise à deux euros. Un système flash.

18 547 301 euros et 28 centimes.

Alors je fis un malaise.

Jo me trouva par terre, dans la cuisine – comme j'avais trouvé maman sur le trottoir, il y a trente ans.

Nous partions faire les courses ensemble lorsque je m'aperçus que j'avais oublié la liste sur la table de la cuisine. Je remontai ; maman attendait sur le trottoir.

Quand je redescendis, au moment même où je débouchai sur la rue, je la vis me regarder, ouvrir grand la bouche, mais aucun son n'en sortit ; son visage se tordit, il eut la même grimace que l'horrible personnage du tableau de Munch, *Le Cri*, et elle s'affaissa sur elle-même à la manière d'un accordéon. Il avait suffi de quatre secondes pour que je sois orpheline. Je m'étais précipitée, mais trop tard.

On se précipite toujours trop tard quand quelqu'un meurt. Comme par hasard.

Il y eut quelques cris, un coup de frein. Les mots semblaient couler de ma bouche, comme des larmes ; ils m'étouffaient.

Puis la tache apparut sur sa robe, entre ses jambes. La tache grossit à vue d'œil, comme une honteuse tumeur. Dans ma gorge, je sentis aussitôt le froid d'un battement d'aile, la brûlure d'une griffure ; alors, après celle du personnage sur le tableau, après celle de ma mère, ma bouche s'ouvrit à son tour et d'entre mes lèvres grotesques un oiseau s'envola. Une fois à l'air libre, il poussa un cri terrifiant ; son chant glaçant.

Un chant de mort.

Jo paniqua. Il crut que c'était la grippe criminelle. Il voulut appeler le docteur Caron, mais je revins à moi, le rassurai. C'est rien, je n'ai pas eu le temps de déjeuner, aide-moi à me relever, je vais m'asseoir cinq minutes et ça va aller, ça va aller. T'es toute chaude, dit-il, sa main sur mon front. Ça va aller je te dis, en plus j'ai mes règles, c'est pour ça que j'ai chaud.

Règles. Le mot magique. Qui éloigne la plupart des hommes.

Je te réchauffe quelque chose, proposa-t-il en ouvrant le frigo, à moins que tu veuilles commander une pizza. Je souris. Mon Jo. Mon doux. On pourrait peut-être manger dehors, pour une fois, murmurai-je. Il sourit, attrapa une Tourtel. Je mets une veste, ma belle, et je suis ton homme.

Nous dînâmes au vietnamien à deux rues de la maison. Il n'y avait pratiquement personne et je me demandai comment ils faisaient pour tenir. Je commandai une soupe légère aux nouilles de riz (*bùn than*), Jo des poissons frits (*cha ca*) et je pris sa main dans la mienne, comme aux heures de nos fiançailles, il y a vingt ans. Tu as les yeux brillants, chuchota-t-il dans un sourire nostalgique.

Et si tu pouvais entendre battre mon cœur, pensai-je, tu craindrais qu'il explose.

Les plats arrivèrent assez vite ; je touchai à peine à ma soupe. Jo se rembrunit. Ça ne va pas ? Je baissai doucement les yeux.

Je dois te dire quelque chose, Jo.

Il dut sentir l'importance de mon aveu. Il posa ses baguettes. Essuya délicatement ses lèvres à l'aide de la serviette de coton – il faisait toujours des efforts au restaurant –, prit ma main. Ses lèvres sèches tremblèrent. Ce n'est rien de grave, rassure-moi ? Tu n'es pas malade, Jo ? Parce que… parce que s'il t'arrivait quelque chose, ça serait la fin du monde, je… Des larmes montèrent à mes yeux et en même temps je me mis à rire, un rire contenu, qui ressemblait au bonheur. Je mourrais sans toi, Jo. Non, Jo, non, rien de grave, ne t'inquiète pas, chuchotai-je.

Je voulais te dire que je t'aime.

Et je me jurai qu'aucune somme d'argent, jamais, ne vaudrait de perdre tout ça.

Nous fîmes l'amour très doucement cette nuit-là.

Était-ce à cause de ma pâleur, ma fragilité nouvelle ? Était-ce à cause de la peur irraisonnée qu'il avait eue de me perdre, quelques heures plus tôt au restaurant ? Était-ce parce que nous n'avions plus fait l'amour depuis longtemps, qu'il lui fallut du temps pour réapprendre la géographie du désir, réapprivoiser ses brutalités d'homme ? Était-ce parce qu'il m'aimait jusqu'à placer mon plaisir au-delà du sien ?

Cette nuit-là, je ne le sus pas. Aujourd'hui je le sais. Mais Dieu que ce fut une belle nuit.

Elle me rappela les nuits des débuts des amants, celles où l'on accepte de mourir à l'aube ; ces nuits qui ne se soucient de rien d'autre que d'elles-mêmes, loin du monde, du bruit, de la méchanceté. Et puis, avec le temps, le bruit et la méchanceté passent par là et les réveils deviennent difficiles, les désillusions cruelles. Après le désir toujours vient l'ennui. Et il n'y a que l'amour pour venir à bout de l'ennui. L'amour, avec un grand A ; notre rêve à toutes.

Je me souviens avoir pleuré à la fin de la lecture de *Belle du Seigneur*. Je fus même en colère lorsque les amants se jetèrent par la fenêtre du Ritz à Genève. Je jetai moi-même le livre à la poubelle et, dans sa courte chute, il emporta le grand A.

Mais cette nuit, il m'a semblé qu'il était revenu.

Quand ce fut l'aube, Jo disparut. Depuis un mois, il suit une formation de sept heures trente à neuf heures chaque matin, afin de devenir contremaître et de se rapprocher de ses rêves.

Mais tes rêves mon amour, je peux te les offrir désormais ; ils ne coûtent pas bien cher tes rêves. Un écran plat Sony 52' : 1 400 euros. Un chronographe Seiko : 400 euros. Une cheminée dans le salon : 500 euros, plus 1 500 pour les travaux. Une Porsche Cayenne : 89 000 euros. Et ton intégrale de *James Bond*, 22 films : 170 euros.

C'est horrible. Je pense n'importe comment. Ce qui m'arrive est terrifiant.

J'ai rendez-vous à la Française des Jeux, à Boulogne-Billancourt, en région parisienne.

J'ai pris le train tôt ce matin. J'ai dit à Jo que j'avais des fournisseurs à voir : Synextile, Eurotessile et Filagil Sabarent. Je rentrerai tard, ne m'attends pas. Il y a du blanc de poulet au frigo, et de la ratatouille à réchauffer.

Il m'a accompagnée jusqu'à la gare, puis il a couru jusqu'à l'usine pour être à l'heure à sa formation.

Dans le train, je pense aux rêves des jumelles, à leurs désillusions chaque vendredi soir, quand les boules tombent et portent d'autres numéros que leurs numéros réfléchis, leurs numéros pensés, pesés, soupesés.

Je pense à ma communauté des *dixdoigtsdor*, ces cinq mille Princesse Aurore qui rêvent de se piquer le doigt au fuseau de leur rouet pour être réveillées d'un baiser.

Je pense aux boucles de six minutes de papa. À la vanité des choses. À ce que l'argent ne répare jamais.

Je pense à tout ce que maman n'a pas eu, dont elle rêvait, et que je pourrais lui offrir désormais ; un voyage sur le Nil, une veste Saint Laurent, un sac Kelly, une femme de ménage, une couronne en céramique au lieu de cette horrible couronne en or qui ternit son merveilleux sourire, un appartement rue des Teinturiers, une soirée à Paris, Moulin Rouge et Mollard, le roi de l'huître, et des petits-enfants. Elle disait « les grands-mères sont de meilleures mères, une mère a bien trop à faire à être une femme ». Ma mère me manque autant qu'au jour de sa chute. J'ai toujours froid autour d'elle. Je pleure toujours. À qui dois-je donner dix-huit millions cinq cent quarante-sept mille trois cent un euros et vingt-huit centimes pour qu'elle revienne ?

Je pense à moi, à tout ce qui me serait possible maintenant et je n'ai envie de rien. Rien que tout l'or du monde puisse offrir. Mais est-ce le cas de tout le monde ?

L'hôtesse est charmante.

Ah ! c'est vous le bulletin d'Arras. Elle me fait attendre dans un petit salon, m'offre de la lecture, me propose un thé ou un café ; merci, dis-je, j'en ai déjà bu trois depuis ce matin et je me sens aussitôt stupide, tellement provinciale ; si cruche. Peu de temps après, elle revient me chercher et me conduit jusqu'au bureau d'un certain Hervé Meunier qui m'accueille les bras ouverts, ah, vous nous avez donné des sueurs froides, dit-il en riant, mais enfin vous êtes là, c'est le principal. Asseyez-vous, je vous en prie. Mettez-vous à votre aise. Vous êtes ici chez vous maintenant. Mon *chez moi* est un grand bureau ; la moquette est épaisse, je glisse discrètement un pied hors de mes chaussures à semelles plates pour la caresser, m'y enfoncer un peu ; une climatisation douce diffuse un air agréable et, au-delà des vitres, il y a d'autres immeubles de bureaux. On dirait d'immenses tableaux, des Hopper en noir et blanc.

C'est ici le point de départ des vies nouvelles. Ici, en face d'Hervé Meunier, qu'on découvre la potion magique. Ici qu'on reçoit le talisman qui change la vie.

Le Graal.

Le chèque.

Le chèque à votre nom. Au nom de Jocelyne Guerbette. Un chèque de 18 547 301 euros et 28 centimes.

Il me demande le ticket, ainsi que ma carte d'identité. Il vérifie. Il passe un bref coup de fil. Le chèque sera prêt dans deux minutes, souhaitez-vous un café ? Nous avons toute la gamme Nespresso. Cette fois, je ne réponds pas. Comme vous voulez. Personnellement, je suis accro au Livanto, à cause de son côté onctueux, hum, suave, moelleux, bon, euh, en attendant, se reprend-il, j'aimerais vous faire rencontrer un collègue. En fait, vous *devez* le rencontrer.

C'est un psychologue. Je ne savais pas qu'avoir dix-huit millions était une maladie. Mais je me retiens de tout commentaire.

Le psychologue est une psychologue. Elle ressemble à Emmanuelle Béart ; comme elle, elle a les lèvres de Daisy Duck, des lèvres si gonflées, dit mon Jo, qu'elles exploseraient si on les mordait. Elle porte un tailleur noir qui met en avant sa plastique (comme dans *chirurgie*), elle me tend une main osseuse et me dit ça ne sera pas long. Il lui faut quarante minutes pour m'expliquer que ce qui m'arrive est une grande chance et un grand malheur. Je suis riche. Je vais pouvoir m'acheter ce que je veux. Je vais pouvoir faire des cadeaux. Mais attention. Je dois me méfier. Parce que lorsqu'on a de l'argent, soudain on vous aime. Soudain des inconnus vous aiment. On va vous demander en mariage. On va vous envoyer des poèmes. Des lettres d'amour. Des lettres de haine. On va vous demander de l'argent pour soigner la leucémie d'une petite fille qui s'appelle Jocelyne, comme vous. On va vous envoyer des photos d'un chien martyrisé et vous demander d'être sa marraine, sa sauveuse ; on vous promettra un chenil à votre nom, des croquettes, du pâté, un concours canin. Une maman de myopathe vous enverra une vidéo bouleversante sur laquelle vous verrez son petit tomber dans l'escalier, cogner sa tête contre le mur et elle vous demandera de l'argent pour installer un ascenseur dans la maison. Une autre vous enverra des photos de sa propre mère en train de baver, de se faire caca dessus, et elle vous demandera avec des mots pleins de larmes et de douleur de quoi l'aider à payer une aide à domicile, elle vous enverra même le formulaire pour que vous puissiez déduire votre aide des impôts. Une Guerbette de Pointe-à-Pitre se découvrira être votre cousine et vous demandera l'argent du billet pour venir vous voir, puis l'argent d'un studio, puis l'argent pour rencontrer son ami guérisseur qui vous fera perdre ces kilos en trop. Je ne parle pas des banquiers. Tout sucre tout miel tout à coup. Madame Guerbette par-ci, courbettes par-là. J'ai des placements défiscalisés. Investissez dans les Dom. La loi Malraux. Cellier. L'or, la pierre et les pierres précieuses. Ils ne vous parleront pas des impôts. De l'ISF. Des contrôles fiscaux. Ni de leurs frais.

Je comprends de quelle maladie parle la psychologue. C'est la maladie de ceux qui n'ont pas gagné, ce sont leurs propres peurs qu'ils essaient de m'inoculer, comme un vaccin du mal. Je proteste. Il y a quand même des gens qui ont survécu. Je n'ai gagné que dix-huit

millions. Et ceux qui ont gagné cent, cinquante, même trente millions ? Justement, me
répond la psychologue d'un air mystérieux, justement. Alors, seulement maintenant, j'accepte
un café. Un Livato je crois, ou un Livatino
peut-être, onctueux en tout cas. Avec un sucre,
merci. Il y a eu beaucoup de suicides, me dit-
elle. Beaucoup, beaucoup de dépressions, de
divorces, de haines et de drames. On a vu des
coups de couteaux. Des blessures au pommeau
de douche. Des brûlures au Butagaz. Des
familles déchirées, anéanties. Des belles-filles
trompeuses, des gendres alcooliques. Des
contrats pour éliminer quelqu'un ; oui, comme
dans les mauvais films. J'ai eu un beau-père qui
a promis mille cinq cents euros à celui qui éli-
minerait sa femme. Elle avait gagné un peu
moins de soixante-dix mille euros. Un gendre
qui a coupé deux phalanges pour avoir un code
de carte bleue. Des fausses signatures, des
fausses écritures. L'argent rend fou, madame
Guerbette, il est à l'origine de quatre crimes
sur cinq. D'une dépression sur deux. Je n'ai
pas de conseil à vous donner, conclut-elle, seulement cette information. Nous avons une cel-
lule de soutien psychologique si vous le

souhaitez. Elle repose sa tasse de café dans laquelle elle n'a pas trempé ses lèvres daisyduckiennes. Vous l'avez annoncé à vos proches ? Non, réponds-je. C'est parfait, dit-elle ; nous pouvons vous aider à le leur dire, trouver les mots pour minimiser le choc, parce que ça sera un choc, vous verrez. Vous avez des enfants ? J'opine. Eh bien, ils ne vous verront plus seulement comme une mère, mais comme une mère riche et ils voudront leur part. Et votre mari ; peut-être a-t-il un travail modeste, eh bien il va vouloir arrêter de travailler, s'occuper de *votre* fortune, je dis bien votre fortune parce que désormais elle sera à lui comme à vous puisqu'il vous aime, ah ça oui, il va vous le dire qu'il vous aime, dans les jours et les mois qui viennent, il va vous offrir des fleurs, je suis allergique la coupé-je, des... des chocolats, je ne sais pas, moi, poursuit-elle, en tout cas, il va vous gâter, il va vous endormir, il va vous empoisonner. C'est un scénario écrit d'avance, madame Guerbette, écrit depuis bien longtemps, la convoitise brûle tout sur son passage ; souvenez-vous, les Borgia, les Agnelli et, plus récemment, les Bettencourt.

Puis elle me fait promettre que j'ai bien compris tout ce qu'elle a dit. Elle me tend un petit bristol avec quatre numéros d'urgence ; n'hésitez pas à nous appeler, madame Guerbette, et n'oubliez pas, on va vous aimer pour autre chose que vous désormais. Puis elle me ramène auprès d'Hervé Meunier.

Lequel sourit de toutes ses dents.

Ses dents me rappellent celles du vendeur de notre première voiture d'occasion à Jo et moi, une Ford Escort bleue de 1983, un dimanche de mars sur le parking du Leclerc. Il pleuvait.

Votre chèque, dit-il. Voilà. Dix-huit millions cinq cent quarante-sept mille trois cent un euros et vingt-huit centimes, articule-t-il lentement comme une condamnation. Vous êtes sûre que vous ne préférez pas un virement bancaire ?

Je suis sûre.

En fait je ne suis plus sûre de rien.

Mon train pour Arras est dans sept heures.

Je pourrais demander à Hervé Meunier, puisqu'il me le propose, de faire changer mon billet, de réserver un train plus tôt, mais il fait beau. Je veux marcher un peu. J'ai besoin d'air. Daisy Duck m'a laissée K.O. Je ne peux pas croire qu'un assassin, ni même un menteur, encore moins un voleur se claquemure dans mon Jo. Pas croire que mes enfants vont me voir avec les yeux de Picsou, ces gros yeux avides d'où sortait le $ du dollar dans les albums illustrés de mon enfance quand il regardait quelque chose qu'il convoitait.

La convoitise brûle tout sur son passage, avait-elle dit.

Hervé Meunier me raccompagne jusqu'au trottoir. Il me souhaite bonne chance. Vous avez l'air de quelqu'un de bien, madame Guerbette. Quelqu'un de bien, tu parles. Quelqu'un avec dix-huit millions, oui. Une fortune que ses courbettes ne lui rapporteront jamais. C'est drôle comme souvent les laquais donnent l'impression de posséder la richesse de leurs maîtres. À un tel point de génie parfois qu'on se laisse aller à devenir son laquais. Le laquais du laquais. N'en faites pas trop, monsieur Meunier, dis-je en retirant ma main qu'il maintient avec une insistance moite dans la sienne. Il baisse les yeux et retourne dans l'immeuble, badge le tourniquet. Il va retrouver le décor de son bureau où il ne possède rien, pas même l'épaisse moquette ou le tableau des immeubles accroché au mur. Il est de la famille de ces caissiers de banque qui comptent des milliers de billets, qui ne font que leur brûler les doigts.

Jusqu'au jour où.

Je remonte la rue Jean-Jaurès jusqu'au métro Boulogne-Jean Jaurès, ligne 10, direction Gare d'Austerlitz, changement à la Motte-Picquet. Je regarde mon petit papier. Prendre la 8, direction Créteil-Préfecture et sortir à Madeleine ; traverser le boulevard de la Madeleine, descendre la rue Duphot et remonter la rue Cambon sur ma gauche, jusqu'au 31.

J'ai à peine le temps de tendre la main que la porte s'ouvre toute seule par la grâce d'un portier. Deux pas et je pénètre dans un autre monde. Il fait frais. La lumière est douce. Les vendeuses sont belles, discrètes ; l'une d'elles s'approche, chuchote, je peux vous aider, madame ? Je regarde, je regarde, marmonné-je impressionnée, mais c'est elle qui me regarde.

Mon vieux manteau gris, mais si confortable vous n'avez pas idée, mes chaussures à semelles plates – je les ai choisies tôt ce matin car mes pieds gonflent dans le train –, mon sac informe, usé ; elle me sourit, n'hésitez pas à me demander tout ce que vous voulez. Elle s'éloigne, discrète, racée.

Je m'approche d'une jolie veste bicolore en tweed de lin et coton, 2 490 euros. Les jumelles adoreraient. Je devrais en prendre deux, 4 980 euros. Une belle paire de sandales en PVC talons 90 mm, 1 950 euros. Des mitaines, forme biseautée en agneau, 650 euros. Une montre toute simple, en céramique blanche, 3 100 euros. Un ravissant sac en crocodile, maman aurait adoré mais jamais osé ; prix sur demande.

Ça commence à combien un prix sur demande ?

Soudain, une actrice dont je ne me rappelle jamais le nom sort de la boutique. Elle tient un grand sac dans chaque main. Elle passe si près de moi que je sens l'effluve de son parfum, quelque chose de lourd, d'un peu écœurant ; vaguement sexuel. Le portier fait une courbette qu'elle ne remarque pas. Dehors, son chauffeur se précipite, s'empare des deux sacs. Elle s'engouffre dans une grosse voiture noire puis disparaît derrière les vitres sombres, avalée.

Quel cinéma !

Moi aussi, Jocelyne Guerbette, mercière à Arras, je pourrais dévaliser la boutique Chanel, louer les services d'un chauffeur et me déplacer dans une limousine ; mais pour quoi faire ? Ce que j'ai vu de solitude sur le visage de cette actrice m'a effrayée. Alors je quitte discrètement la boutique de rêve, la vendeuse m'adresse un sourire poliment désolé, le portier m'ouvre la porte mais je n'ai pas droit à la courbette, ou alors je ne la remarque pas.

Dehors, l'air est vif. Le bruit des klaxons des voitures, la menace des impatiences, les envies de meurtre des automobilistes, les coursiers kamikazes rue de Rivoli à quelques dizaines de mètres de là, tout me rassure soudain. Plus de moquette épaisse, plus de révérences grasses. De la violence ordinaire enfin. De la douleur mesquine. De la tristesse qui ne sort pas. Des odeurs brutales, vaguement animales, chimiques, comme à Arras derrière la gare. Ma vraie vie.

Je me dirige alors vers le jardin des Tuileries ; je serre contre mon ventre mon vilain sac, mon *coffre-fort* ; Jo m'a dit de faire attention aux filous à Paris. Il y a des bandes d'enfants qui vous dévalisent et vous ne vous rendez compte de rien. Des mendiantes avec des nouveau-nés qui ne pleurent jamais, bougent à peine, assommés au Dénoral ou à l'Hexapneumine. Je pense à *L'Escamoteur*, de Jérôme Bosch, maman adorait ce tableau ; elle en aimait les moindres détails, comme les noix de muscade sur la table de l'escroquerie.

Je remonte l'allée de Diane jusqu'à l'exèdre nord, où je m'installe sur un petit banc de pierre. Il y a une flaque de soleil à mes pieds. L'envie d'être Poucette tout à coup. Plonger dans cette flaque d'or. M'y réchauffer. M'y brûler.

Curieusement, même cernées d'automobiles et d'horribles scooters, coincées entre la rue de Rivoli et le quai Voltaire, les particules d'air me semblent plus claires, plus propres. Je sais bien que ce n'est pas possible. Que c'est le fruit de mon imagination, de ma peur. Je sors le sandwich de mon sac ; c'est Jo qui me l'a préparé ce matin, alors qu'il faisait encore nuit dehors. Deux tartines, du thon et un œuf dur. Je lui ai dit je t'en prie, j'achèterai quelque chose à la gare, mais il a insisté, ce sont des voleurs, surtout dans les gares, ils te vendent un sandwich huit euros et il est moins bon que le mien et c'est même pas sûr qu'il soit frais.

Mon Jo. Mon prévenant. Il est bon ton sandwich.

À quelques mètres, une statue d'Apollon, poursuivant Daphné et celle de Daphné poursuivie par le même Apollon. Plus loin, une Vénus callipyge ; *callipyge*, adjectif dont je me souviens avoir appris la définition en cours de dessin : qui a de belles fesses. Voir : gros, gras.

Comme moi. Et me voilà, moi, quelqu'un d'Arras, assise sur ses belles fesses en train de manger un sandwich au jardin des Tuileries à Paris comme une étudiante alors que j'ai une fortune dans mon sac.

Une fortune terrifiante parce que je me rends soudain compte que Jo a raison.

Même à huit euros, à douze, à quinze, aucun sandwich ne serait aussi bon que le sien.

Plus tard, j'ai encore le temps avant le départ de mon train, je vais fouiner au marché Saint-Pierre, rue Charles Nodier. C'est ma caverne d'Ali Baba.

Mes mains plongent dans les tissus, mes doigts tremblent au contact des organdis, des feutrines fines, des jutes, des patchworks. Je ressens alors l'ivresse qu'a dû ressentir cette femme enfermée toute une nuit dans un Sephora, dans leur beau film publicitaire. Tout l'or du monde n'achèterait pas ce vertige. Toutes les femmes sont belles ici. Leurs yeux brillent. D'un morceau de tissu elles imaginent déjà une robe, un coussin, une poupée. Elles fabriquent des rêves ; elles ont la beauté du monde au bout de leurs doigts. Avant de partir, j'achète du Bemberg, quelques sangles polypropylènes, des serpentines coton croquet et des pompons perles.

Le bonheur coûte moins de quarante euros.

Pendant les cinquante minutes du trajet, je somnole dans l'air feutré du TGV. Je me demande si Romain et Nadine ne manquent de rien maintenant que je peux tout leur offrir. Romain pourrait ouvrir sa propre crêperie. Nadine, faire tous les films qu'elle souhaite et ne pas dépendre du succès pour avoir une vie décente. Mais cela rattrape-t-il le temps que nous n'avons pas assez passé ensemble ? Les vacances loin les uns des autres, les manques, les heures de solitude et de froid ? Les peurs ?

L'argent réduit-il les distances, rapproche-t-il les gens ?

Et toi, mon Jo, si tu savais tout ça, tu ferais quoi ? Dis-le-moi, tu ferais quoi ?

Jo m'attendait à la gare.

Dès qu'il me vit, son pas accéléra sans aller toutefois jusqu'à courir. Il me prit dans ses bras, sur le quai. Cette effusion inattendue me surprit ; je ris, presque gênée. Jo, Jo, qu'est-ce qui se passe ? Jo, murmura-t-il à mon oreille, je suis content que tu sois rentrée.

Et voilà.

Plus les mensonges sont gros, moins on les voit venir.

Il desserra son étreinte, sa main coula jusqu'à la mienne et nous marchâmes jusqu'à la maison. Je lui racontai ma journée. J'inventai brièvement une réunion avec Filagil Sabarent, grossiste dans le IIIe arrondissement. Je lui montrai mes merveilles achetées au marché Saint-Pierre. Et mon sandwich, il n'était pas bon mon sandwich ? demanda-t-il. Je me hissai alors sur la pointe des pieds et embrassai son cou. Le meilleur du monde. Comme toi.

Françoise se précipita dans la mercerie.

Ça y est ! cria-t-elle, elle est allée chercher son chèque ! C'est une femme. C'est marqué là, dans *La Voix du Nord*, quelqu'un d'Arras, qui tient à conserver l'anonymat ! Là, regarde ! Tu te rends compte, elle a attendu la dernière minute ! Moi, j'y serais allée tout de suite, j'aurais eu bien trop peur qu'ils ne me payent pas, dix-huit millions, tu te rends compte Jo, d'accord, c'est pas les cent millions de Venelles, mais ils étaient quinze à jouer, ça leur a fait que six millions chacun, alors que là, c'est dix-huit millions pour elle toute seule, dix-huit millions, plus de mille ans de smic, Jo, mille

ans, et crotte ! Danièle entra à son tour. Elle
était toute rouge. Elle apportait trois cafés. Oh
là là là, souffla-t-elle, quelle histoire. Je suis
passée au tabac, personne ne sait qui c'est,
même pas cette bignole de shampooineur chez
Jean-Jac. Françoise l'interrompit. On verra bientôt une Maserati ou une Cayenne, alors on
saura qui c'est. C'est pas une voiture de femme
ça, plutôt une Mini ou une Fiat 500. J'inter-
vins, rabat-joie.

Peut-être qu'elle n'achètera pas de voiture,
peut-être qu'elle ne changera rien à sa vie.

Les jumelles s'esclaffèrent. Parce que tu ne
changerais rien, toi ? Tu resterais là, dans ta
petite mercerie, à vendre des bouts de tissus
pour occuper des bonnes femmes qui
s'ennuient, qui n'ont même pas le courage de
prendre des amants ! Oh non ! Tu ferais
comme nous, tu changerais de vie, tu achète-
rais une jolie maison à la mer, en Grèce peut-
être, tu te paierais un beau voyage, une belle
voiture, tu gâterais tes enfants, et tes copines
ajouta Françoise ; tu referais ta garde-robe,
t'irais à Paris faire les boutiques, tu ne regar-
derais plus jamais le prix des choses, tiens, et
comme tu culpabiliserais, tu ferais même un

don au cancer. Ou aux myopathes. Je haussai les épaules. Tout ça, je peux le faire sans avoir gagné, dis-je. Oui, mais ce n'est pas pareil, répondirent-elles, pas pareil du tout. Tu ne peux pas…

Une cliente entra, qui nous fit taire ; ravaler nos gloussements.

Elle regarda avec désinvolture les anses de sacs, en soupesa une, en abaca rigide, puis, se retournant, me demanda des nouvelles de Jo. Je la rassurai, la remerciai.

J'espère que mon gilet lui a fait plaisir, dit-elle, un gilet vert avec des boutons de bois, puis elle me confia dans un sanglot que sa grande fille était à l'hôpital, en train de mourir de cette grippe scélérate. Je ne sais plus quoi faire, plus quoi dire. Vous avez de si jolis mots dans votre blog Jo, qu'est-ce que je peux lui dire pour lui dire au revoir ? Est-ce que vous pouvez me donner des mots ? S'il vous plaît.

Danièle et Françoise s'éclipsèrent. Même si elles avaient eu dix-huit millions, même si nous avions toutes eu dix-huit millions, nous n'avions soudain plus rien face à cette maman.

Quand nous arrivâmes à l'hôpital, sa grande fille avait été placée en soins intensifs.

J'avais caché le chèque sous la semelle inté-rieure d'une vieille chaussure.

Parfois, la nuit, j'attendais que Jo se mette à ronfler pour quitter le lit, marcher sans bruit jusqu'à l'armoire-penderie, plonger la main dans la chaussure et en sortir le trésor de papier. J'allais alors m'enfermer dans la salle de bains et là, assise sur la cuvette des toilettes, je dépliais le billet et je le regardais.

Les chiffres me donnaient le tournis.

Le jour de mes dix-huit ans, papa m'avait donné l'équivalent de deux mille cinq cents euros. C'est beaucoup d'argent, avait-il dit. Avec ça, tu peux payer la caution d'un appartement, tu peux faire un joli voyage, tu peux t'acheter tous les livres de mode que tu veux ou une petite voiture d'occasion si tu préfères ; et il m'avait alors semblé être riche. Je comprends aujourd'hui que je fus riche de sa confiance ; ce qui est la plus grande richesse.

Cliché, je sais. Mais vrai.

Avant qu'il ne fasse cet AVC qui depuis l'emprisonne dans une boucle de six minutes de présent, il avait travaillé plus de vingt ans à l'ADMC, l'usine chimique de Tilloy-les-Mofflaines, à quatre kilomètres d'Arras. Il supervisait la fabrication du chlorure de didecyl ammonium et du glutaraldéhyde. Maman avait exigé qu'il prît systématiquement une douche dès qu'il rentrait à la maison. Papa souriait et se prêtait de bonne grâce à cette exigence. Si le glutaraldéhyde était en effet soluble dans l'eau, ce n'était pas le cas du chlorure de didecyl. Mais jamais à la maison les tomates ne virèrent au bleu, les œufs ne se mirent à exploser et des tentacules ne nous poussèrent dans le dos. Il faut croire que le savon de Marseille faisait des miracles.

Maman enseignait le dessin aux classes primaires et animait l'atelier de modèle vivant le mercredi soir au musée des Beaux-arts. Elle avait un ravissant coup de crayon. L'album-photos de notre famille est un carnet de dessins. Mon enfance ressemble à une œuvre d'art. Maman était belle et papa l'aimait.

Je regarde ce maudit chèque et c'est lui qui me regarde.

Qui m'accuse.

Je sais qu'on ne gâte jamais assez ses parents et que lorsqu'on en prend conscience il est déjà trop tard. Pour Romain, je ne suis plus qu'un numéro de téléphone dans la mémoire d'un téléphone mobile, des souvenirs de vacances à Bray-Dunes et quelques dimanches en baie de Somme. Il ne me gâte pas comme je n'ai pas non plus gâté mes parents. On transmet toujours nos fautes. Nadine, c'est différent. Elle ne parle pas. Elle donne. C'est à nous d'apprendre à décoder. À recevoir. Depuis Noël dernier, elle m'envoie ses petits films de Londres, par Internet.

Le dernier dure une minute.

Il n'y a qu'un seul plan et des effets de zoom un peu violents. On voit une vieille femme sur un quai, à Victoria Station. Elle a des cheveux blancs ; on dirait une grosse boule de neige.

Elle est descendue d'un train, elle fait quelques pas, puis pose sa valise trop lourde. Elle regarde autour d'elle ; la foule la contourne, comme l'eau un galet ; et puis soudain elle est toute seule, minuscule, oubliée. La femme n'est pas une actrice. La foule n'est pas une foule de figurants. C'est une image vraie. Des vrais gens. Une histoire vraie. Une défaite ordinaire. Pour la musique, Nadine a choisi l'*adagietto* de la cinquième symphonie de Mahler et elle a fait de cette minute la minute la plus bouleversante qu'il m'ait été donné de voir sur la douleur de l'abandon. De la perte. De la peur. La mort.

Je replie le chèque. L'étouffe dans mon poing.

J'ai commencé à maigrir.

Je crois que c'est le stress. Le midi, je ne rentre plus à la maison, je reste à la mercerie. Je ne déjeune pas. Les jumelles s'inquiètent, je prétexte des comptes en retard, des commandes à régler, mon blog. J'ai près de huit mille visites par jour désormais. J'ai accepté qu'il y ait de la publicité sur le blog et, avec l'argent gagné, je peux payer Mado. Depuis qu'une infection pulmonaire a emporté sa grande fille aux soins intensifs le mois dernier, Mado a du temps. Elle a des mots en trop maintenant. De l'amour en trop. Elle déborde de choses inutiles, de recettes qu'elle ne fera jamais plus (une flamiche aux poireaux, un biscuit à la vergeoise brune), de comptines pour les petits-enfants qu'elle n'aura pas. Elle pleure encore parfois, au milieu d'une phrase ou lorsqu'elle entend une chanson ou qu'une jeune fille entre et demande du ruban sergé ou gros-grain pour sa mère. Elle travaille avec nous maintenant. Elle répond aux messages laissés sur *dixdoigtsdor* ; elle prend et suit les commandes depuis que nous nous essayons à un mini site marchand. Sa grande fille s'appelait Barbara. Elle avait l'âge de Romain.

Mado adore les jumelles ; elles sont folles, me dit-elle, mais quel *peps*. Depuis qu'elle m'aide pour le blog, elle essaie des mots jeunes.

Quelle *niaque* !

Tous les mercredis, elle part déjeuner avec Danièle et Françoise, rue de la Taillerie, aux Deux Frères. Elles commandent une salade, un Perrier, parfois un verre de vin, mais surtout, elles remplissent leurs grilles. Elles fouillent leurs mémoires à la recherche des numéros magiques. Un anniversaire. La date d'une rencontre amoureuse. Leur poids idéal. Leur numéro de Sécurité sociale. Celui de leur maison d'enfance. La date d'un baiser, d'une première fois. Celle, inoubliée, d'un chagrin inconsolé. Un numéro de téléphone qui ne répond plus.

Chaque mercredi après-midi, quand elle rentre, Mado a les yeux brillants, ronds comme des billes de loto. Et chaque mercredi après-midi elle me dit : oh Jo, Jo, si je gagnais, si je gagnais, vous n'avez pas idée de tout ce que je ferais !

Et aujourd'hui, pour la première fois, je lui demande, vous feriez quoi Mado ? Je ne sais pas, répond-elle. Mais ça serait extraordinaire.

C'est aujourd'hui que j'ai commencé la liste.

Liste de mes besoins.

Une lampe pour la table de l'entrée.

Un portemanteau perroquet (style bistrot).

Une sorte de plat pour ranger les clés et le courrier (chez Cash Express ?).

Deux poêles Tefal.

Un nouveau micro-ondes.

Un presse-légumes.

Un couteau pour le pain.

Un économe. (Amusant quand on a dix-huit millions !!!!)

Des torchons.

Un couscoussier.

Deux paires de draps pour notre chambre.

Une couette et une housse de couette.

Un tapis antidérapant pour la baignoire.

Un rideau de douche (pas de fleurs !).

Une petite armoire à pharmacie (murale).

Un miroir grossissant lumineux. (Vu sur Internet. Marque Babyliss, 62,56 euros sans la livraison.)

Une nouvelle pince à épiler.

Des pantoufles pour Jo.

Des boules Quies. (À cause du ronfleur !)

Un petit tapis pour la chambre de Nadine.

Un nouveau sac. (Chanel ? Regarder Dior aussi.)

Un nouveau manteau. (Retourner voir chez Caroll, rue Rouille. Joli manteau 30 % laine, 70 % alpaga. Très confortable. <u>Me mincit</u>. 330 euros.)

Un Blackberry (à cause du blog).

Un billet de train pour aller à Londres. (Avec Jo. Deux jours au moins.)

Un petit poste radio pour la cuisine.

Une nouvelle planche à repasser.

Un fer (très jolie centrale vapeur Calor vue à Auchan, 300,99 euros).

Un dissolvant et un masque réparateur pour mes cheveux. (Marionnaud, 2,90 euros et 10,20.)

La liste de mes envies

Belle du Seigneur. *(Relire. Vu en Folio chez Brunet.)*
Les Finances personnelles pour les Nuls.
Des slips et des chaussettes pour Jo.
Un écran plat. (???)
L'intégrale de James Bond *en DVD. (???)*

La journaliste est revenue.

Elle a apporté des croissants et un petit magnétophone. Je ne peux pas m'esquiver.

Non, je ne sais pas comment ça a commencé. Oui, j'ai eu envie de partager ma passion. Non, je n'ai jamais vraiment pensé que ça intéresserait autant de femmes. Non, *dixdoigtsdor* n'est pas à vendre. Ce n'est pas pour l'argent. Non, je crois que l'argent n'achète pas ce genre de choses. Oui, c'est vrai, je gagne de l'argent avec la pub. Ça me permet de payer un salaire en plus, celui de Mado.

Oui, ça me fait plaisir et oui, je suis fière. Non, ça ne me monte pas à la tête et puis non, on ne peut pas vraiment parler de succès. Oui, le succès c'est dangereux, quand on commence à ne plus douter de soi. Ah oui, je doute de moi tous les jours. Non, mon mari ne m'aide pas du tout pour le blog. Il réfléchit avec moi à la manière de stocker les choses, oui, parce que la vente marche bien ; on a même expédié un kit point de croix à Moscou hier. Moscou ? Je ris. C'est un quartier près du Canal du Midi, à Toulouse. Ah. Non, il n'y a pas de message dans ce que je fais. Juste du plaisir, de la patience. Oui, je pense que tout ce qui vient du passé n'est pas dépassé. Faire soi-même possède quelque chose de très beau ; prendre le temps, c'est important. Oui, je pense que tout va trop vite. On parle trop vite. On réfléchit trop vite, quand on réfléchit ! On envoie des mails, des textos sans se relire, on perd l'élégance de l'orthographe, la politesse, le sens des choses. J'ai vu des enfants publier des photos d'eux sur Facebook où ils vomissent. Non, non, je ne suis pas contre le progrès ; j'ai juste peur qu'il isole davantage les gens. Le mois dernier, une jeune fille a voulu mourir, elle a prévenu ses 237 amis et personne ne lui a répondu. Pardon ? Oui, elle est morte. Elle s'est pendue. Personne ne lui a dit que c'était vingt minutes d'atroces douleurs. Qu'on a toujours envie d'être sauvé, qu'il n'y a que le silence qui répond aux suppliques asphyxiées. Alors puisque vous voulez tellement une formule, je dirais que *dixdoigtsdor* c'est comme les doigts d'une main. Les femmes ce sont les doigts et la main la passion. Je peux vous citer ? Non, non, c'est ridicule. Au contraire, je trouve ça touchant. C'est joli comme image.

Puis elle coupe son magnétophone.

Je crois que j'ai plein de choses formidables pour mon article, je vous remercie Jo. Ah, une dernière question. Vous avez entendu parler de cette habitante d'Arras qui a gagné dix-huit millions au loto ? Je me méfie soudain. Oui. Si c'était vous Jo, vous en feriez quoi ? Je ne sais pas quoi répondre. Elle poursuit. Vous développeriez *dixdoigtsdor* ? Vous aideriez ces femmes seules ? Vous créeriez une fondation ? Je balbutie.

J-Je ne sais pas. Ça… ça n'est pas arrivé. Et puis, je ne suis pas une sainte vous savez. Ma vie est simple et je l'aime comme elle est.

Jo, je vous remercie.

— Papa, j'ai gagné dix-huit millions.

Papa me regarde. Il n'en croit pas ses oreilles. Sa bouche se fend d'un sourire. Qui se transforme en rire. Un rire nerveux d'abord, qui tourne à la joie. Il essuie les petites larmes qui perlent à ses yeux. C'est formidable ma petite fille, tu dois être contente. Tu l'as dit à maman ? Oui, je l'ai dit à maman. Et qu'est-ce que tu vas faire de tout cet argent, Jocelyne, tu as une idée ? Justement, papa, je ne sais pas. Comment tu ne sais pas ? Tout le monde saurait quoi faire avec une somme pareille. Tu peux avoir une nouvelle vie. Mais je l'aime ma vie, papa. Tu crois que Jo m'aimerait toujours comme je suis s'il savait ? Tu es mariée ? me questionne-t-il. Je baisse les yeux. Je ne veux pas qu'il voie ma tristesse. Est-ce que tu as des enfants, ma chérie ? Parce que si c'est le cas, gâte-les ; on ne gâte jamais assez ses enfants. Est-ce que je te gâte Jo ? Oui, papa, tous les jours. Ah, c'est bien ça. Tu nous fais rire maman et moi ; même quand tu triches au Monopoly et que tu jures que ce n'est pas toi, que le billet de 500 était là, dans la pile de tes billets de 5. Maman est heureuse avec toi. Chaque soir quand tu rentres, à l'instant même où elle entend ta clé dans la serrure, elle a un très beau geste : elle ramène sa mèche qui dépasse derrière son oreille et se regarde furtivement dans le miroir, elle veut être jolie pour toi. Elle veut être ton cadeau. Elle veut être ta Belle, ta Belle du Seigneur. Tu crois que ta mère va arriver, parce qu'elle doit m'amener le journal et de la mousse à raser, je n'en ai plus. Elle va arriver, papa, elle va arriver. Ah, c'est bien, c'est bien. Comment vous appelez-vous ?

C'est court, six putains de minutes.

Ce week-end Jo m'emmène au Touquet.

J'ai encore perdu du poids, il s'inquiète. Tu travailles trop, dit-il. La mercerie, le blog, la peine de Mado. Tu dois te reposer.

Il a réservé une chambre dans le modeste hôtel de la Forêt. Nous y arrivons vers seize heures.

Sur l'autoroute, sept Porsche Cayenne nous ont dépassés et j'ai bien vu son petit regard à chaque fois. Ses petites étincelles de rêve. Elles brillaient plus que d'ordinaire.

Nous nous rafraîchissons dans la salle de bains humide, puis nous descendons vers la plage, par la rue Saint-Jean. Il m'achète quelques chocolats au Chat Bleu. Tu es fou, chuchoté-je à son oreille. Tu dois prendre des forces, dit-il en souriant. Dans le chocolat, il y a du magnésium, c'est un antistress. Tu en sais des choses, Jo.

À nouveau dehors, il prend ma main. Tu es un merveilleux mari, Jo ; un grand frère, un père, tu es tous les hommes dont une femme peut avoir besoin.

Même son ennemi ; j'en ai peur.

Nous marchons longtemps sur la plage.

Des chars à voile passent à vive allure près de nous ; leurs ailes claquent et me font à chaque fois sursauter comme lorsque des grappes d'hirondelles passaient en rase-mottes près de la maison de grand-mère, les étés d'enfance. Hors saison, Le Touquet ressemble à une carte postale. Retraités, labradors, cavaliers et parfois quelques jeunes femmes se promenant sur la digue avec une poussette d'enfant. Hors saison, Le Touquet est hors du temps. Le vent fouette nos visages, l'air salé dessèche nos peaux ; nous tremblons, nous sommes en paix.

S'il savait, ce serait le tumulte, ce serait la guerre. S'il savait, ne voudrait-il pas des îles au

soleil, des cocktails acidulés, du sable brûlant ?
Une chambre immense, des draps frais, des
coupes de champagne ?

Nous marchons une heure encore, puis nous
remontons jusqu'à notre hôtel. Jo s'arrête au
petit bar, commande une bière sans alcool. Je
monte prendre un bain.

Je regarde mon corps nu dans le miroir de
la salle de bain. Ma bouée de chair a dégonflé,
mes cuisses semblent plus minces. J'ai un corps
en transit entre deux poids. Un corps flou.
Mais je le trouve beau quand même. Émou-
vant. Il annonce une éclosion. Une fragilité
nouvelle.

Je me dis que si j'étais très riche, je le
trouverais moche. Je voudrais tout refaire.
Augmentation mammaire. Liposuccion. Abdo-
minoplastie. Plastie brachiale. Et peut-être une
légère blépharoplastie.

Être riche, c'est voir tout ce qui est laid
puisqu'on a l'arrogance de penser qu'on peut
changer les choses. Qu'il suffit de payer pour
ça.

Mais je ne suis pas riche. Je possède juste un
chèque de dix-huit millions cinq cent quarante-
sept mille trois cent un euros et vingt-huit

centimes, plié en huit, caché au fond d'une chaussure. Je possède juste la tentation. Une autre vie possible. Une nouvelle maison. Une nouvelle télévision. Plein de choses nouvelles.

Mais rien de différent.

Plus tard, je retrouve mon mari dans la salle du restaurant. Il a commandé une bouteille de vin. Nous trinquons. Pourvu que rien ne change et que tout dure, dit-il. *Rien de différent.*

Merci, là-haut, de ne pas m'avoir encore fait encaisser le chèque.

Liste de mes envies.

Partir en vacance seule avec Jo (pas au camping du Sourire. Toscane ?).

Demander à ce qu'on change papa de chambre.

Emmener Romain et Nadine sur la tombe de maman. (Leur parler d'elle. De ses cramiques, miam.)

Couper mes cheveux.

De la lingerie rouge, sexy. (Jo, tu vas être fou !)

Le manteau de chez Caroll avant qu'il n'y en ait plus. VITE !!

Refaire la déco du salon. (Écran plat ???)

Changer la porte du garage pour un portail automatique.

Déjeuner un jour chez Taillevent à Paris. (Lu un article qui fait baver dans Elle à Table.*)*

Foie gras sur pain d'épices avec les jumelles et vins fins toute une nuit en parlant des hommes.

Demander à Jo de faire un abri pour les poubelles dans la cour. (Haine du recyclage !!!)

Retourner à Étretat.

Passer une semaine à Londres avec Nadine. (Partager sa vie. Câlins. Lui lire Le Petit Prince. *Mon Dieu, je suis folle !)*

Oser dire à Romain que j'ai trouvé sa petite amie de Noël dernier moche, vulgaire et remoche. (Lui envoyer des sous.)

Faire des soins dans un spa. (Des papouilles. Esthederm ? Simone Mahler ?) M'occuper de moi. Ouste, personne à la maison !

Mieux manger.

Faire un régime. (Tous les 2.)

Danser un slow avec Jo sur « L'Été indien » au prochain 14 juillet.

Acheter l'intégrale de James Bond *en DVD. (???)*

Inviter la journaliste à déjeuner. (Faire un cadeau à sa mère.)

Un sac Chanel.

Louboutin.

La liste de mes envies

Hermès. (Faire déplier plein de foulards et faire mouais, je vais réfléchir !)

Acheter un chronographe Seiko.

Dire à tout le monde que c'est moi qui ai gagné les dix-huit millions. (Dix-huit millions cinq cent quarante-sept mille trois cent un euros et vingt-huit centimes, exactement.)

Être enviée. (Enfin !!!) (C'est drôle d'écrire « être enviée » dans ma liste d'envies.)

Passer chez Porsche (Lille ? Amiens ?). Demander de la documentation sur le Cayenne.

Aller voir au moins une fois Johnny Hallyday en concert. Avant qu'il ne meure.

Une 308 avec un GPS. (???)

Qu'on me dise que je suis belle.

J'ai failli avoir un amant.

Juste après la naissance du corps mort de Nadège. Quand Jo a cassé des choses dans la maison et qu'il a arrêté de boire huit ou neuf bières le soir, avachi devant le Radiola.

C'est à ce moment-là qu'il était devenu méchant.

Saoul, il était juste un gros légume. Un truc mou ; tout ce qu'une femme déteste chez un homme, vulgarité, égoïsme, inconscience. Mais il restait calme. Un légume. Une sauce figée.

Non, Jo, c'est la sobriété qui l'a rendu cruel. J'ai mis ça au début sur le compte de son sevrage. Il avait remplacé sa petite dizaine de bières par le double de Tourtel. On eût dit qu'il voulait les boire toutes pour trouver le fameux 1 % d'alcool qu'elles étaient censées contenir d'après les mentions minuscules sur l'étiquette, et retrouver l'ivresse qui lui manquait. Mais au fond des bouteilles et de lui il n'y eut que cette méchanceté. Ces mots faisandés dans sa bouche : c'est ton gros corps qui a étouffé Nadège. À chaque fois que tu t'asseyais, tu l'étranglais. Mon bébé est mort parce que t'as pas pris soin de toi. Ton corps c'est une poubelle, ma pauvre Jo, une grosse poubelle dégueulasse. Une truie. T'es une truie. Une putain de truie.

J'en ai pris plein la gueule.

Je ne répondais pas. Je me disais qu'il devait souffrir atrocement. Que la mort de notre petite fille le rendait fou et qu'il dirigeait cette folie contre moi. Ce fut une année noire ; des ténèbres. Je me levais la nuit pour pleurer dans la chambre de Nadine qui dormait à poings fermés. Je ne voulais pas qu'il m'entende, qu'il voie le mal qu'il me faisait. Je ne voulais pas de cette honte. J'ai pensé cent fois m'enfuir avec les enfants et je me suis dit que ça passerait. Que sa douleur finirait par s'alléger, s'envoler ; par nous quitter. Il y a des malheurs si lourds qu'on est obligé de les laisser partir. On ne peut pas tout garder, tout retenir. Je tendais mes bras dans le noir ; je les ouvrais en espérant que maman vienne s'y blottir. Je priais pour que sa chaleur m'irradie ; que les ténèbres ne m'emportent pas. Mais les femmes sont toujours seules dans le mal des hommes.

Si je ne suis pas morte à cette époque, c'est à cause d'une petite phrase banale. Puis de la voix qui l'avait prononcée. Puis de la bouche d'où elle était sortie. Puis du beau visage sur lequel cette bouche souriait.

— Laissez-moi vous aider.

Nice, 1994.

Huit mois déjà que nous avons enterré le corps de Nadège. Cercueil blanc laqué horrible. Deux colombes de granit prenant leur envol sur la pierre tombale. J'avais vomi, je n'avais pas supporté. Le docteur Caron père m'avait prescrit des médicaments. Puis du repos. Puis du bon air.

C'était le mois de juin. Jo et les enfants étaient restés à Arras. L'usine, la fin de l'école ; leurs soirées sans moi ; réchauffer des plats dans le micro-ondes, regarder des cassettes vidéo, des films débiles qu'on ose regarder quand maman n'est pas là ; des soirées à se dire qu'elle va bientôt revenir, que ça ira mieux. Un petit deuil.

J'avais dit au docteur Caron père que je ne supportais plus la cruauté de Jo. J'avais dit des mots que je n'avais jamais prononcés. Des faiblesses ; mes peurs de femme. J'avais prononcé mon effroi. J'avais eu honte, je fus gelée, pétrifiée. J'avais pleuré, bavé, emprisonnée dans ses vieux bras osseux ; ses pinces.

J'avais pleuré de dégoût mon mari. J'avais scarifié mon corps assassin ; la pointe du couteau à viande avait dessiné des cris sur mes avant-bras ; j'avais barbouillé mon visage de mon sang coupable. J'étais devenue folle. La férocité de Jo m'avait consumée, avait annihilé mes forces. Je m'étais coupé la langue pour le faire taire, je m'étais crevé les oreilles pour ne plus l'entendre.

Aussi, lorsque le docteur Caron père m'avait dit, dans sa méchante haleine, je vous envoie en cure, toute seule, trois semaines, je vais vous sauver Jocelyne, alors sa méchante haleine apporta la lumière.

Et j'étais partie.

Nice, centre Sainte-Geneviève. Les sœurs

dominicaines étaient charmantes. À regarder leurs sourires, on eût dit qu'il n'y avait aucune horreur humaine qu'elles ne pussent concevoir et donc pardonner. Leurs visages étaient lumineux, comme ceux des saintes sur les petits marque-pages des missels de notre enfance.

Je partageais une chambre avec une femme de l'âge qu'aurait eu maman. Nous étions, elle et moi, comme disaient les sœurs, des patientes *légères*. Nous avions besoin de repos. Besoin de nous retrouver. Nous redécouvrir. Besoin de nous apprécier à nouveau. Nous réconcilier, enfin. Notre statut de patientes *légères* nous autorisait les sorties.

Chaque après-midi, après la sieste, je marchais jusqu'à la plage.

Une plage inconfortable, couverte de galets. S'il n'y avait pas la mer, on aurait dit un petit terrain vague. À l'heure où j'y suis, quand on regarde l'eau, le soleil tape dans le dos. Je mets de la crème. Mes bras sont trop courts.

— Laissez-moi vous aider.

Mon cœur fait un bond. Je me retourne.

Il est assis à deux mètres de moi. Il porte une chemise blanche, un pantalon beige. Il est pieds nus. Je ne vois pas ses yeux à cause des lunettes noires. Je vois sa bouche. Ses lèvres de la couleur d'un fruit d'où viennent de sortir ces quatre mots audacieux. Elles sourient. Alors l'atavique prudence de toutes ces femmes qui ont conduit à moi refait surface :

— Ça ne se fait pas.

— Qu'est-ce qui ne se fait pas ? Moi de vouloir vous aider ou vous, d'accepter ?

Mon Dieu, je rougis. J'attrape mon chemisier, m'en couvre les épaules.

— J'allais partir, de toute façon.

— Moi aussi, dit-il.

Nous ne bougeons pas. Mon cœur s'emballe. Il est beau et je ne suis pas jolie. C'est un prédateur. Un coucheur. Un sale type, j'en suis sûre. Personne ne vous aborde comme ça à Arras. Aucun homme n'ose vous parler sans avoir préalablement demandé si vous êtes mariée. En tout cas si vous êtes avec quelqu'un. Lui non. Il entre sans frapper. D'un coup d'épaule. Le pied dans la porte. Et j'aime ça. Je me lève. Il est déjà debout. Il me propose son bras. Je m'y appuie. Mes doigts sentent la chaleur sur sa peau tannée. Le sel y a laissé des scarifications d'un blanc sale. Nous quittons la plage. Nous marchons sur la Promenade des Anglais. Un mètre à peine nous sépare. Plus loin, alors que nous sommes en face du Negresco, sa main prend mon coude ; il me fait traverser, comme si j'étais aveugle. J'aime ce vertige. Je ferme les yeux longtemps, je suis toute à sa volonté. Nous entrons dans l'hôtel. Mon cœur s'emballe. Je perds la raison. Qu'est-ce qui me prend ? Vais-je coucher avec un inconnu ? Je suis folle.

Mais son sourire me rassure. Puis sa voix.

— Venez. Je vous offre un thé.

Il commande deux Orange Pekoe.

— C'est un thé léger, originaire de Ceylan, agréable à boire l'après-midi. Vous êtes déjà allée à Ceylan ?

Je ris. Je baisse les yeux. J'ai quinze ans. Une midinette.

— C'est une île dans l'océan Indien à moins de cinquante kilomètres de l'Inde. Elle est devenue le Sri Lanka en 1972, quand…

Je l'interromps.

— Pourquoi faites-vous ça ?

Il pose sa tasse d'Orange Pekoe, délicatement. Puis prend mon visage dans ses mains.

— Je vous ai vue de dos sur la plage tout à

113

l'heure et toute la solitude de votre corps m'a bouleversé.

Il est beau. Comme Vittorio Gassman dans *Parfum de femme.*

Alors je tends mon visage vers le sien, mes lèvres cherchent les siennes, les trouvent. C'est un baiser rare, inattendu ; un baiser tiède au goût d'océan Indien. C'est un baiser qui dure, un baiser qui dit tout ; mes manques, ses désirs, mes souffrances, ses impatiences. Notre baiser est mon ravissement ; ma vengeance ; il est tous ceux que je n'ai pas eus, celui de Fabien Derôme du CM2, celui de mon timide cavalier de « L'Été Indien », celui de Philippe de Gouverne que je n'ai jamais osé aborder, ceux de Solal, du prince charmant, de Johnny Depp et de Kevin Costner d'avant les implants, tous les baisers dont rêvent les filles ; ceux d'avant ceux de Jocelyn Guerbette. Je repousse doucement mon inconnu.

Mon murmure.

— Non.

Il n'insiste pas.

S'il peut lire mon âme rien qu'en regardant mon dos, il sait maintenant en voyant mes yeux mon épouvante de moi-même.

Je suis une femme fidèle. La méchanceté de Jo n'est pas une raison suffisante. Ma solitude n'est pas une raison suffisante.

Je suis rentrée le lendemain à Arras. La colère de Jo était passée. Les enfants avaient préparé des croque-monsieur et loué *La Mélodie du bonheur*.

Mais rien n'est jamais aussi simple.

Depuis l'article dans *L'Observateur de l'Arrageois*, c'est de la folie.

La mercerie ne désemplit pas. *Dixdoigtsdor* compte onze mille visites par jour. Nous avons plus de quarante commandes quotidiennes sur notre mini site marchand. Je reçois trente CV chaque matin. Le téléphone n'arrête pas de sonner. On me demande d'animer des ateliers de couture dans les écoles. De broderie dans les hôpitaux. Un hospice me sollicite pour des cours de tricot, des choses simples, écharpes, chaussettes. Le département d'oncologie infantile du centre hospitalier me demande des bonnets joyeux. Parfois des gants à deux ou trois doigts. Mado est débordée, elle est passée au Prosoft et lorsque je m'en inquiète elle me répond dans un rire nerveux qui déforme sa bouche, si je m'arrête Jo, je tombe, et si je tombe tout tombe alors ne m'arrêtez pas, poussez-moi, poussez-moi Jo, je vous en prie. Elle me promet d'aller voir le docteur Caron, de manger davantage de saumon, de s'accrocher. Le soir, Jo me fait réciter les règles de sécurité alimentaire, le principe de la chaîne du froid qu'il doit connaître pour son examen de contremaître. *Les « aliments surgelés » sont ceux qui sont soumis à un processus dit de « surgélation », par lequel la zone de cristallisation maximale est franchie aussi rapidement que nécessaire, ayant pour effet que la température du produit est maintenue – après stabilisation thermique – sans interruption à des valeurs inférieures ou égales à - 18 °C. La surgélation doit être effectuée sans retard sur des produits de qualité saine, loyale et marchande au moyen d'un équipement technique approprié. Seuls l'air, l'azote et l'anhydride carbonique, respectant des critères de pureté spécifiques, sont autorisés en tant que fluides frigorigènes.*

C'est un élève attachant, qui ne s'énerve jamais, sauf contre lui-même. Je l'encourage.

Tu les réaliseras un jour, tes rêves, mon Jo, alors il prend ma main, la porte à ses lèvres et dit ça sera grâce à toi Jo, grâce à toi et ça me fait rougir.

Mon Dieu, si tu savais. Si tu savais, qui deviendrais-tu ?

Les jumelles m'ont demandé de fabriquer des petits bracelets en lacets cirés pour les vendre dans leur salon. À chaque fois qu'on fait une manucure, on arrive à vendre une babiole dit Françoise, alors t'imagines des bracelets de « chez Jo », après ton article dans *L'Observateur*, ça va partir comme des petits pains, ajoute Danièle. J'en confectionne vingt. Le soir même, ils sont tous vendus. Avec la chance que t'as, disent-elles, tu devrais jouer au loto. Je ris avec elles. Mais j'ai peur.

Ce soir, je les ai invitées à dîner à la maison.

Jo est charmant et drôle et serviable toute la soirée. Les jumelles ont amené deux bouteilles de Veuve Clicquot. Les bulles du vin délient nos langues lorsqu'elles éclatent dans nos palais. Nous sommes tous doucement ivres. Et dans l'ivresse, ce sont toujours les craintes ou les espoirs qui refont surface.

On va avoir quarante ans, dit Danièle, si on

ne rencontre pas un mec cette année, c'est foutu. Deux mecs, précise Françoise. Nous rions. Mais ce n'est pas drôle. Peut-être qu'on est destinées à rester ensemble, comme des siamoises. Vous avez essayé Meetic ? demande Jo. Bien sûr. On est tombées que sur des tarés. Dès qu'ils savent qu'on est jumelles ils veulent baiser à trois. Ça les excite les jumelles les mecs, ils pensent soudain qu'ils ont deux bites. Et vous séparer ? hasarde Jo. Plutôt mourir, crient-elles en chœur avant de se prendre dans les bras l'une de l'autre. Les verres se remplissent et se vident. Un jour, on gagnera gros et on les enverra tous chier ces pauvres mecs. On se paiera des gigolos, voilà, des gigolos, des mecs-kleenex, allez, hop ! À la poubelle après usage, hop ! Suivant ! Elles éclatent de rire. Jo me regarde, il sourit. Ses yeux brillent. Sous la table, mon pied vient se poser sur le sien.

Il va me manquer, Jo.

Demain matin, il part pour une semaine au siège du groupe Nestlé à Vevey, en Suisse, pour achever sa formation de contremaître et devenir responsable d'unité chez Häagen-Dazs.

À son retour nous irons passer un week-end au Cap Gris-Nez pour fêter ça. Nous nous sommes promis des huîtres et un grand plateau de fruits de mer. Il a réservé une grande chambre à la ferme de Waringzelle, à cinq cents mètres à peine de la mer et des milliers d'oiseaux en transit vers les cieux plus cléments. Je suis fière de lui. Il va gagner trois mille euros par mois, il va désormais bénéficier d'un système de primes et d'une meilleure mutuelle.

Il se rapproche de ses rêves, mon Jo. On se rapproche de la vérité.

Et toi, Jocelyn, demande soudain Danièle à mon mari, la diction doucement pâteuse à cause des vins, tu n'as jamais fantasmé sur deux femmes ? Rires. Je fais quand même l'offusquée, pour le principe. Jo repose son verre. Avec Jo, répond-il, je suis comblé ; elle est si gourmande parfois que c'est comme si elle était deux. Éclats de rires encore. Je le frappe sur le bras, ne l'écoutez pas, il dit n'importe quoi.

Mais la discussion dérape et me rappelle celles que nous avons l'été à l'ombre des pins du camping du Sourire, avec J.-J., Marielle Roussel et Michèle Henrion, lorsque la chaleur et le pastis conjugués nous font perdre la tête et parler sans pudeur de nos regrets, de nos peurs et de nos manques. Je dois avoir la plus belle collection de godemichés, a dit Michèle Henrion dans un sourire triste, l'été dernier ; au moins ils ne vous quittent pas juste après vous avoir baisée, et ils débandent pas, a ajouté Jo dans son ivresse. Avec le temps, nous le savons toutes, la sexualité est amputée du désir. Nous tentons alors de le réveiller, le provoquer par des audaces, des expériences nouvelles. Dans les mois qui suivirent mon retour de cure à Nice au centre Sainte-Geneviève, nos désirs s'étaient enfuis. Jo les avait remplacés par la brutalité. Il aimait à me prendre vite, il me faisait mal, il me sodomisait à chaque fois ; je détestais ça, mordais mes lèvres au sang pour ne pas hurler ma douleur ; mais Jo n'écoutait que son plaisir et sa semence éjaculée, il se retirait vivement de mon cul, remontait son pantalon et disparaissait dans la maison ou au jardin, avec une bière sans alcool.

Les jumelles sont ivres lorsqu'elles partent et Françoise a tellement ri qu'elle a même fait un peu pipi dans sa culotte. Nous restons seuls, Jo et moi. La cuisine et la salle à manger ressemblent à un champ de bataille. Il est tard. Je vais ranger, va te coucher, dis-je, tu pars tôt demain.

Alors il s'approche de moi et me prend soudain dans ses bras ; me serre contre lui. Contre sa force. Sa voix est douce à mon oreille. Merci ma Jo, chuchote-t-il. Merci pour tout ce que tu as fait. Je rosis ; heureusement, il ne le voit pas. Je suis fière de toi, dis-je, allez, file, tu vas être fatigué demain.

Le sous-directeur de l'usine vient le chercher à quatre heures trente demain matin. Je te préparerai un thermos de café. Puis il me regarde. Il y a quelque chose de doucement triste dans ses yeux. Ses lèvres viennent se poser sur les miennes, s'entrouvrent doucement, sa langue glisse, comme un orvet ; c'est un baiser d'une rare douceur, comme un premier baiser.

Ou un dernier.

Liste de mes folies (avec dix-huit millions à la banque).

Arrêter la mercerie et reprendre des études de stylisme.

Une Porsche Cayenne.

Une maison à la mer. NON.

Un appartement à Londres pour Nadine.

Me faire faire un 90C, j'ai maigri. (NONO-NON. T'es folle ou quoi !!? Justement, c'est la liste :-)

Plein de trucs chez Chanel. NON.

Une infirmière à temps plein pour papa. (Nouvelle conversation toutes les six minutes !!!)

Des sous de côté pour Romain. (Il finira mal.)

Jo est parti depuis deux jours.

Je suis retournée voir papa. Je lui parle à nouveau de mes dix-huit millions, mon supplice. Il n'en croit pas ses oreilles. Il me félicite. Qu'est-ce que tu vas faire de tout ça, ma chérie ? Je ne sais pas, papa, j'ai peur. Et ta mère, qu'est-ce qu'elle en pense ? Je ne lui en ai pas encore parlé, papa. Viens, approche-toi ma petite fille, dis-moi tout. Jo et moi on est heureux, dis-je d'une voix tremblante. On a eu des hauts et des bas comme tous les couples, mais on a réussi à surmonter les choses mauvaises. On a deux beaux enfants, une jolie petite maison, des amis, on part en vacances deux fois

par an. La mercerie marche très bien. Le site
Internet se développe, nous sommes déjà huit.
Dans une semaine, Jo sera contremaître et responsable d'unité à l'usine et il achètera un
écran plat pour le salon et il demandera un
crédit pour la voiture de ses rêves. C'est fragile,
mais ça tient, je suis heureuse. Je suis fière de
toi, murmure mon père, en prenant ma main
dans la sienne. Et cet argent papa, j'ai peur
qu'il ne… Qui êtes-vous ? demande-t-il soudain.

Putain de six minutes.

Je suis ta fille papa. Tu me manques. Tes
câlins me manquent. Le bruit de la douche
quand tu rentrais à la maison me manque.
Maman me manque. Mon enfance me
manque. Qui êtes-vous ?

Je suis ta fille papa. J'ai une mercerie, je
vends des boutons de culotte et des fermetures
Éclair parce que tu es tombé malade et qu'il a
fallu que je m'occupe de toi. Parce que maman
est morte sur le trottoir alors qu'on s'apprêtait
à faire les courses. Parce que je n'ai pas eu de
chance. Parce que je voulais embrasser Fabien
Derôme et que c'est ce pédant de Marc-Jean
Robert et ses pochades pour emballer le cœur

des filles, écrites sur des feuilles à carreaux, qui a eu mon premier baiser. Qui êtes-vous ?

Je suis ta fille papa. Je suis ta fille unique. Ton seul enfant. J'ai grandi en t'attendant et en regardant maman dessiner le monde. J'ai grandi dans la peur de n'être pas jolie à tes yeux, pas ravissante comme maman, pas brillante comme toi. J'ai rêvé de dessiner et de créer des robes, de rendre toutes les femmes jolies. J'ai rêvé de Solal, du chevalier blanc, j'ai rêvé d'une histoire d'amour absolu ; j'ai rêvé d'innocence, de paradis perdus, de lagons ; j'ai rêvé que j'avais des ailes ; j'ai rêvé d'être aimée pour moi sans que j'aie besoin d'être bienveillante. Qui êtes-vous ?

Je suis la fille du ménage, monsieur. Je viens voir si tout est en ordre dans votre chambre. Je vais nettoyer votre salle de bain, comme tous les jours, vider la poubelle, remplacer le sac plastique et nettoyer vos crottes.

Merci mademoiselle, vous êtes charmante.

À la maison, je relis la liste de mes besoins et il m'apparaît que la richesse serait de pouvoir acheter tout ce qui y figure en une fois, de l'économe à l'écran plat, en passant par le manteau de chez Caroll et le tapis antidérapant pour la baignoire. Rentrer avec toutes les choses de la liste, détruire la liste et se dire ça y est, je n'ai plus de besoins. Je n'ai plus que des envies désormais. Que des envies.

Mais ça n'arrive jamais.

Parce que nos besoins sont nos petits rêves quotidiens. Ce sont nos petites choses à faire, qui nous projettent à demain, à après-demain, dans le futur ; ces petits rien qu'on achètera la semaine prochaine et qui nous permettent de penser que la semaine prochaine, on sera encore vivants.

C'est le besoin d'un tapis de bain antidérapant qui nous maintient en vie. Ou d'un couscoussier. D'un économe. Alors on étale ses achats. On programme les lieux où l'on va se rendre. On compare parfois. Un fer Calor contre un Rowenta. On remplit les armoires lentement, les tiroirs un à un. On passe une vie à remplir une maison ; et quand elle est pleine, on casse les choses pour pouvoir les remplacer, pour avoir quelque chose à faire le lendemain. On va même jusqu'à casser son couple pour se projeter dans une autre histoire, un autre futur, une autre maison.

Une autre vie à remplir.

Je suis passée chez Brunet, rue Gambetta, j'y ai acheté *Belle du Seigneur* en Folio. Je profite des soirées sans Jo pour le relire. Mais cette fois, c'est terrifiant puisque désormais, je sais. Ariane Deume prend son bain, soliloque, se prépare et je connais déjà la chute genevoise. Je connais l'horrible victoire de l'ennui sur le désir ; du bruit de la chasse d'eau sur la passion mais je ne peux m'empêcher d'y croire encore. La fatigue m'emporte au cœur de la nuit. Je me réveille épuisée, rêveuse, amoureuse.

Jusqu'à ce matin.

Où tout s'effondre.

Je n'ai pas crié.

Pas pleuré. Pas frappé les murs. Ni arraché mes cheveux. Pas tout cassé autour de moi. Je n'ai pas vomi. Je ne suis pas tombée dans les pommes. Je n'ai même pas senti mon cœur s'emballer ni un malaise arriver.

Je me suis quand même assise sur le lit, au cas où.

J'ai regardé autour de moi. Notre chambre.

Les petits cadres dorés avec des photos des enfants, à tous les âges. Notre photo de mariage, sur la table de chevet de Jo. Un portrait de moi, par maman, de mon côté du lit ; elle l'a peint en quelques secondes sur une virgule violette avec ce qu'il lui restait d'aquarelle bleue sur son pinceau ; toi en train de lire, avait-elle dit.

Mon cœur est resté calme. Mes mains n'ont pas tremblé.

Je me suis penchée pour attraper le chemisier que j'avais laissé glisser par terre. Je l'ai posé près de moi, sur le lit. Mes doigts l'avaient froissé avant de le lâcher. Je le repasserai tout à l'heure. J'aurais dû m'écouter et acheter la centrale vapeur Calor vue à Auchan, à trois cents euros quatre-vingt-dix-neuf, en vingt-septième position sur la liste de mes besoins.

C'est alors que j'ai commencé à rire. Rire de moi.

Je le savais.

C'est la poussière de plâtre sur le talon de la chaussure qui me l'a confirmé avant même que je regarde.

Jo avait réparé la tringle de l'armoire-penderie mais surtout, avait fixé celle-ci au mur parce qu'elle menaçait de tomber depuis pas mal de temps. Il avait donc fait deux grands trous dans le fond de l'armoire, ainsi que dans le mur, ce qui expliquait la poussière de plâtre dans l'armoire et sur mes chaussures.

Une fois l'armoire-penderie fixée, il avait sans doute voulu nettoyer la poussière fari-neuse de mes chaussures et c'est alors qu'il avait trouvé le chèque.

Quand ?

Quand l'avait-il trouvé ? Depuis quand savait-il ?

Était-ce déjà à mon retour de Paris, lorsqu'il vint me chercher à la gare ? Et qu'il avait murmuré à mon oreille qu'il était content que je sois rentrée ?

Était-ce avant Le Touquet ? M'y avait-il emmenée en sachant le mal qu'il allait me faire ? Prit-il ma main sur la plage en sachant déjà qu'il allait me trahir ? Et lorsque, en trinquant ensemble dans la salle de restaurant de l'hôtel, il fit ce vœu que rien ne change et que tout dure, se foutait-il déjà de ma gueule ? Préparait-il son évasion de notre vie ?

Ou était-ce après, en rentrant ?

Je ne me souvenais pas du jour où il avait fixé l'armoire-penderie. Je n'étais pas là et il n'avait rien dit. Le salaud. Le voleur.

Bien sûr, j'ai appelé le siège de Nestlé à Vevey.

Il n'y avait pas de Jocelyn Guerbette.

Elle a bien ri, la réceptionniste, quand j'ai insisté, quand je lui ai dit qu'il était chez eux toute la semaine, en formation de contre-maître et responsable d'unité pour leur usine

Häagen-Dazs d'Arras, oui, oui, Arras, made-
moiselle, en France, dans le Pas-de-Calais,
code postal 62000. Il vous a raconté n'importe
quoi ma petite dame. C'est le siège de Nestlé
Worldwide ici, vous pensez qu'on y forme
un contremaître ou un magasinier, allons,
allons. Prévenez la police si vous voulez,
demandez-vous s'il n'a pas une maîtresse,
mais croyez-moi madame, il n'est pas ici. Elle
a dû bien sentir que je paniquais un peu
parce qu'à un moment sa voix s'est faite plus
douce et elle a ajouté, avant de raccrocher, *je
suis désolée.*

À l'usine, le chef de Jo me confirma ce que
je pressentais.

Il avait posé une semaine de vacances et
n'était pas venu depuis quatre jours ; il doit
rentrer lundi prochain.

Tu parles. Tu ne le reverras plus, Jo. Plus
personne ne le reverra ce salaud. Avec dix-huit
millions en poche, il s'est envolé. Disparu
l'oiseau. Il a gratté le dernier *e* de mon prénom
et le chèque a soudain été à son nom. Jocelyne
sans *e*. Jocelyn Guerbette. En quatre jours, il a
eu le temps d'aller au fin fond du Brésil. Du
Canada. De l'Afrique. De la Suisse, peut-être.

Dix-huit millions, ça met de la distance entre vous et ce que vous abandonnez.

Une sacrée distance, impossible à parcourir.

Le souvenir de notre baiser, cinq jours plus tôt. Je le savais. C'était un dernier baiser. Les femmes pressentent toujours ces choses-là. C'est notre don. Mais je ne m'étais pas écoutée. J'avais joué avec le feu. J'avais voulu croire que Jo et moi c'était pour toujours. J'avais laissé sa langue caresser la mienne avec cette incroyable douceur sans oser ce soir-là laisser parler ma peur.

J'avais cru qu'après avoir survécu à l'insupportable tristesse de la mort de notre petite fille, après les bières méchantes, les injures, la férocité et les blessures, l'amour brutal, animal, nous étions devenus inséparables, unis, amis.

Voilà pourquoi cet argent m'avait effrayée.

Voilà pourquoi j'avais tu l'incroyable. Retenu l'hystérie. Voilà pourquoi je n'en avais au fond pas voulu. J'avais pensé que si je lui offrais sa Cayenne, il partirait avec elle, roulerait loin, vite, ne reviendrait plus. Réaliser les rêves des autres, c'était prendre le risque de les détruire. Sa voiture, il devait l'acheter lui-même.

Au nom de sa fierté. De son misérable orgueil d'homme.

Je ne m'étais pas trompée. J'avais pressenti que cet argent serait une menace pour nous deux. Qu'il était du feu. Du chaos incandescent.

Je savais, jusque dans ma chair, que s'il pouvait faire le bien, cet argent pouvait aussi faire le mal.

Daisy Duck avait raison. *La convoitise brûle tout sur son passage.*

Je croyais que mon amour était une digue. Un infranchissable barrage. Je n'avais pas osé imaginer que Jo, mon Jo, me volerait. Me trahirait. M'abandonnerait.

Qu'il détruirait ma vie.

Car enfin, c'était quoi ma vie ?

Une enfance heureuse – jusqu'au cœur de mes dix-sept ans, jusqu'au *Cri* de maman et un an plus tard, l'AVC de papa et ses émerveillements enfantins toutes les six minutes.

Des centaines de dessins, de peintures qui retracent les jours merveilleux ; la grande balade en DS jusqu'aux châteaux de la Loire, Chambord où je suis tombée dans l'eau et où papa et d'autres messieurs ont plongé à mon secours. Des dessins encore ; des autoportraits de maman où elle est jolie, dans les yeux de laquelle nulle souffrance ne semble être passée. Et une peinture de la grande maison où je suis née, à Valenciennes, mais dont je ne me souviens pas.

Mes années de collège, simples et douces. Même le *non-baiser* de Fabien Derôme fut au fond une bénédiction. Il m'apprit que les moches aussi rêvent des plus beaux mais qu'entre elles et eux il y a toutes les jolies du monde ; autant d'infranchissables montagnes. Alors j'avais cherché à voir la beauté là où elle pouvait pour moi se cacher désormais : dans la gentillesse, l'honnêteté, la délicatesse, et ce fut Jo. Jo et sa brutale tendresse qui ravirent mon cœur, épousèrent mon corps et firent de moi sa femme. Je fus toujours fidèle à Jo ; même les jours de tourmente, même les nuits de tempête. Je l'aimais malgré lui, malgré la méchanceté qui déforma ses traits et lui fit dire de si horribles choses lorsque Nadège vint mourir au seuil de mon ventre ; comme si, en mettant un nez dehors, elle avait humé l'air, goûté le monde et décidé qu'il ne lui plaisait pas.

Mes deux enfants vivants et notre petit ange furent ma joie et ma mélancolie ; je tremble encore parfois pour Romain mais je sais que le jour où il sera blessé et que personne ne pansera plus ses blessures, c'est ici qu'il reviendra. Dans mes bras.

J'aimais ma vie. J'aimais la vie que Jo et moi avions construite. J'aimais la façon dont les choses médiocres devinrent belles à nos yeux. J'aimais notre maison simple, confortable, amicale. J'aimais notre jardin, notre modeste potager et les misérables tomates branches qu'il nous offrait. J'aimais biner la terre gelée avec mon mari. J'aimais nos rêves de printemps prochains. J'attendais avec la ferveur d'une jeune maman d'être un jour grand-mère ; je m'essayais aux gâteaux copieux, aux crêpes gourmandes, aux chocolats épais. Je voulais à nouveau des odeurs d'enfance dans notre maison, d'autres photographies au mur.

Un jour j'aurais installé une chambre au rez-de-chaussée pour papa, je me serais occupée de lui et toutes les six minutes, je me serais réinventé une vie.

J'aimais mes milliers d'Iseult de *dixdoigtsdor*. J'aimais leur gentillesse, calme et puissante, comme un fleuve ; régénérante comme l'amour d'une mère. J'aimais cette communauté de femmes, nos vulnérabilités, nos forces.

J'aimais profondément ma vie et je sus à

l'instant même où je le gagnai que cet argent allait tout abîmer, et pour quoi ?

Pour un potager plus grand ? Des tomates plus grosses, plus rouges ? Une nouvelle variété de tangerines ? Pour une maison plus grande, plus luxueuse ; une baignoire à remous ? Pour une Cayenne ? Un tour du monde ? Une montre en or, des diamants ? Des faux seins ? Un nez refait ? Non. Non. Et non. Je possédais ce que l'argent ne pouvait pas acheter mais juste détruire.

Le bonheur.

Mon bonheur, en tout cas. Le mien. Avec ses défauts. Ses banalités. Ses petitesses. Mais le mien.

Immense. Flamboyant. Unique.

Alors j'avais pris ma décision, quelques jours après être rentrée de Paris avec le chèque : cet argent j'avais décidé de le brûler.

Mais l'homme que j'aimais l'a volé.

Je n'ai rien dit à personne.

Aux jumelles qui me demandèrent des nouvelles de Jo, je répondis qu'il était resté quelques jours de plus en Suisse à la demande de Nestlé.

Je continuais de recevoir des nouvelles de Nadine. Elle avait rencontré un garçon ; un grand gaillard roux, animateur 3D qui travaillait sur le prochain *Wallace et Gromit*. Elle tombait doucement amoureuse, ma petite fille, elle ne voulait rien précipiter, m'écrivit-elle dans son dernier mail, parce que si on aime quelqu'un et qu'on le perd, alors on n'est plus rien. Ses mots sortaient enfin. Des larmes montèrent à mes yeux. Je lui répondis qu'ici tout allait bien, que j'allais vendre la mercerie (vrai) et me consacrer au site (faux). Je ne lui parlai pas de son père. Du mal qu'il nous faisait à tous. Et lui promis de venir la voir bientôt.

Romain, à son habitude, ne donnait pas de nouvelles. Je sus qu'il avait quitté la crêperie d'Uriage et la *fille* et travaillait maintenant dans un vidéo-club à Sassenage. Probablement avec une autre *fille*. C'est un garçon, dit Mado, les garçons sont des sauvages. Et des larmes lui vinrent à elle aussi parce qu'elle pensa à sa grande fille qui n'était plus.

Le huitième soir de la disparition de Jo et de mon chèque de dix-huit millions d'euros, j'organisai une petite fête à la mercerie. Il y eut tellement de monde qu'elle déborda sur le trottoir. J'annonçai que je quittais la mercerie et présentai celle qui allait désormais me remplacer : Thérèse Ducrocq, la maman de la journaliste de *L'Observateur de l'Arrageois.* Thérèse fut applaudie lorsqu'elle expliqua qu'elle ne me remplacerait pas vraiment mais « s'occuperait de la boutique en attendant que je revienne ». Jo et moi, précisai-je aux clientes inquiètes, avons décidé de prendre une année sabbatique. Nos enfants sont grands maintenant. Il y a des voyages que nous nous étions promis de faire quand nous nous sommes rencontrés, des pays à visiter, des villes à goûter et nous avons décidé que le temps était venu de prendre le temps. On s'approcha de moi. On regretta l'absence de Jo. On me demanda quelles villes nous allions visiter, quels pays traverser, sous quels climats, pour nous offrir déjà un pull, une paire de gants, un poncho ; vous nous avez tant gâtées Jo depuis tout ce temps, à notre tour maintenant.

Le lendemain, je fermai la maison. Laissai les clés à Mado. Et les jumelles me conduisirent à Orly.

— Tu es sûre de ce que tu fais, Jo ?

Oui. Cent fois, mille fois oui. Oui je suis sûre de vouloir quitter Arras où Jo m'a quittée. Quitter notre maison, notre lit. Je sais que je ne supporterai ni son absence ni les odeurs de sa présence encore. Celle de sa mousse à raser, de son eau de Cologne, de sa transpiration douce, enfouie au cœur des vêtements qu'il a laissés et celle plus forte, au garage, où il aimait à bricoler des petits meubles ; son odeur âcre dans la sciure, dans l'air.

Les jumelles m'accompagnent le plus loin possible. Leurs yeux sont inondés. J'essaie de sourire.

C'est Françoise qui devine. Prononce l'inimaginable.

Jo t'a quittée, c'est ça ? Il est parti pour une plus jolie et plus jeune maintenant qu'il va être chef et rouler en Cayenne ?

Alors mes larmes affluent. Je ne sais pas Françoise, il est parti. Je dois mentir. Je tais le piège, l'épreuve de la tentation. Le brise-lames fendu de mon amour. Il lui est peut-être arrivé quelque chose, tente Danièle d'une voix de miel, confortable, on n'enlève pas les gens en Suisse ? J'ai lu qu'avec les listings bancaires, l'argent dissimulé, c'était un peu comme l'Afrique là-bas maintenant. Non, Danièle, il n'a pas été enlevé, il m'a enlevée de lui, il m'a extraite, amputée, effacée de lui, c'est tout. Et tu n'as rien vu venir, Jo ? Rien. Rien de rien de rien. Comme dans un film de merde. Ton mec part une semaine en voyage, tu relis *Belle du Seigneur* en l'attendant ; tu te fais un masque, un gommage, une épilation à la cire, un massage aux huiles essentielles pour être toute belle, toute douce quand il rentrera et soudain, tu sais qu'il ne rentrera pas. Comment le sais-tu Jo, il t'a laissé une lettre, quelque chose ? Je dois partir. Non, c'est ça le pire, même pas de lettre, juste rien, un vide sinistre, sidéral. Françoise me prend dans ses bras. Je lui parle un instant à l'oreille, lui confie mes dernières volontés. Appelle-nous quand tu arrives, chuchote-t-elle quand j'en ai terminé. Repose-toi bien, ajoute Danièle. Et si tu as besoin qu'on vienne, on arrive. Je passe les contrôles. Je me retourne.

Elles sont toujours là. Leurs mains sont des oiseaux.

Et puis je disparais.

Je ne suis pas partie bien loin.

Il fait beau à Nice. Ce n'est pas encore la saison des vacances, juste ce temps d'entre deux. Un temps de convalescence. Je vais tous les jours à la plage, à l'heure où le soleil tape dans le dos.

Mon corps a retrouvé sa silhouette d'avant Nadine, d'avant les chairs qui étouffèrent Nadège. Je suis jolie, comme à vingt ans.

Tous les jours, même lorsque le soleil est faible, je mets de la crème dans mon dos et mon bras est toujours trop court ; et tous les jours, à ce moment précis, mon cœur s'emballe, mes sens s'affûtent. J'ai appris à me tenir droite, assurer mon geste. À lui gommer cet aveu de solitude. Je masse doucement mes épaules, mon cou, mes omoplates – mes doigts traînent, sans ambiguïté toutefois ; je me souviens de sa voix. De ses mots il y a sept ans, lorsque je vins ici me sauver des méchancetés de Jo.

Laissez-moi vous aider.

Mais les mots dans mon dos aujourd'hui sont ceux des pipelettes dans leurs téléphones portables, ceux des gamins qui viennent ici fumer et rire après l'école. Les mots las des jeunes mères, si seules déjà, leurs nourrissons à l'ombre dans des poussettes, les maris envolés, qui ne les touchent plus ; leurs mots salés, comme des larmes.

Aussi, dans le milieu de l'après-midi, lorsque j'ai compté quarante avions qui décollaient, je rassemble mes affaires et remonte vers le studio que j'ai loué pour quelques semaines, le temps de devenir assassine, rue Auguste-Renoir, derrière le musée des Beaux-arts Jules Chéret.

C'est un studio sans grâce dans un immeuble des années cinquante, à l'époque où les architectes de la Côte d'Azur rêvaient de Miami, de motels et de courbes ; à l'époque où ils rêvaient de s'enfuir. C'est une location meublée. Les meubles sont sans goût. Ils sont solides, c'est tout. Le lit grince mais comme j'y dors seule, le bruit ne dérange que moi. De l'unique fenêtre, je ne vois pas la mer ; j'y fais sécher mon linge. Le soir, il a l'odeur du vent, du sel et du gasoil. Le soir, je dîne seule, je regarde la télévision seule et je reste seule pendant mes insomnies.

Je pleure encore, le soir.

Dès que je rentre de la plage, je prends une douche, comme le faisait papa dès qu'il arrivait à la maison. Mais moi, ce n'est pas pour me défaire des résidus de glutaraldéhyde. Juste de ceux de ma honte, ma douleur. De mes illusions perdues.

Je me prépare.

Les premières semaines qui suivirent la disparition de Jo, j'étais retournée au centre Sainte-Geneviève. Les sœurs dominicaines avaient elles aussi disparu ; cependant, les infirmières qui les remplaçaient furent tout aussi prévenantes.

En me quittant, Jo avait emporté hors de moi le rire, la joie, le goût de la vie.

Il avait déchiré les listes de mes besoins, de mes envies et de mes folies.

Il m'avait privée de ces petites choses qui nous maintiennent en vie. L'économe qu'on achètera demain au Lidl. Le Calor à Auchan la semaine prochaine. Un petit tapis pour la chambre de Nadine, dans un mois, quand ce sera les soldes.

Il m'avait ôté l'envie d'être belle, d'être coquine et bonne amante.

Il avait griffé, rayé mes souvenirs de nous. Abîmé jusqu'à l'irréparable la poésie simple de notre vie. Une balade main dans la main sur la plage du Touquet. Notre hystérie lorsque Romain fit ses premiers pas. Quand Nadine prononça pour la première fois *pipi* en montrant *papa*. Un éclat de rire après que nous eûmes fait l'amour au camping du Sourire. Nos cœurs qui s'emballèrent dans la même seconde lorsque Denny Duquette réapparut aux yeux d'Izzie Stevens dans la cinquième saison de *Grey's Anatomy*.

En m'abandonnant parce qu'il m'avait volée, Jo avait tout détruit derrière lui. Tout sali. Je l'avais aimé. Et il ne me restait rien.

Les infirmières me réapprirent doucement le goût des choses. Comme on réapprend à manger aux enfants des famines. Comme on réapprend à vivre à dix-sept ans quand votre maman morte fait pipi devant tout le monde sur le trottoir. Comme on réapprend à se trouver jolie ; à se mentir et à se pardonner. Elles effacèrent mes idées noires, éclaircirent mes cauchemars. Elles m'apprirent à placer ma respiration plus bas, dans le ventre, loin du cœur. Je voulus mourir, je voulus me fuir. Je ne voulus plus rien de ce qui avait été ma vie. J'avais passé en revue mes armes et en avais retenu deux.

Se jeter sous un train. Se couper les veines.

Se jeter d'un pont au passage d'un train. On ne pouvait pas se rater. Le corps explosait. Il se déchiquetait. S'éparpillait sur des kilomètres. Il n'y avait pas de douleur. Seulement le bruit du corps qui fend l'air et celui du train, terrifiant ; puis le *ploc* du premier qui rencontre le second.

Se couper les veines du bras. Parce qu'il y avait là quelque chose de romantique. Le bain, les bougies, le vin. Une sorte de cérémonial amoureux. Comme les bains d'Ariane Deume se préparant à accueillir son Seigneur. Parce que la douleur de la lame sur le poignet est infime et esthétique. Parce que le sang jaillit, chaud, réconfortant et dessine des fleurs rouges qui éclosent dans l'eau et tracent des sillages de parfum. Parce qu'on ne meurt pas vraiment. On s'endort, plutôt. Le corps glisse, le visage coule et se noie dans un épais et confortable velours rouge liquide ; un ventre.

Les infirmières du centre m'apprirent à juste tuer ce qui m'avait tuée.

Le voilà notre fuyard.

Il s'est fait tout petit, il s'est ratatiné. Son front est collé à la vitre du train qui file et dont la vitesse dessine des champs impressionnistes et virtuoses. Il tourne le dos aux autres voyageurs, comme un enfant qui boude ; il ne s'agit pas de bouderie mais de trahison, d'un coup de couteau.

Il avait trouvé le chèque. Il avait attendu qu'elle en parle. Il l'avait emmenée au Touquet pour ça ; pour rien. Alors il avait deviné Jocelyne, pressenti son besoin de calme, sa tendresse pour les choses qui durent. Il avait pris l'argent parce qu'elle allait le brûler. Ou le donner. Myopathes baveux, petits cancéreux luisants. Il y avait plus d'argent qu'il n'en gagnerait en six cents ans chez Häagen-Dazs. Il sanglote maintenant le dégoût naissant de lui, la terrifiante éclosion. Sa voisine en chuchotant demande : tout va bien, monsieur ? Il la rassure d'un geste fatigué. La vitre du train est froide sur son front. Il se souvient de la main douce et fraîche de Jocelyne lorsqu'il faillit être emporté par la fièvre mauvaise. Les images jolies refont toujours surface quand on voudrait les noyer.

Quand à l'aube le train arrive à Bruxelles-Midi, il attend que les voyageurs soient tous descendus pour quitter le wagon. Ses yeux sont rouges ; comme ceux des hommes mal éveillés, agglutinés pour se tenir chaud dans les troquets venteux des gares ; les hommes qui plongent des spéculoos ou des pistolets dans leurs petits cafés serrés comme du goudron. C'est le premier café de sa nouvelle vie et il n'est pas bon.

Il a choisi la Belgique parce qu'on y parle le français. C'est la seule langue qu'il connaisse. Et encore. Pas tous les mots, avait-il dit à Jocelyne lorsqu'il lui avait fait sa cour empressée ; elle avait ri, avait prononcé celui-ci : *sym-*

biose, il avait fait non de la tête alors elle lui avait dit que c'était ce qu'elle attendait de l'amour et leurs cœurs s'étaient emballés.

Il marche dans le petit crachin qui lui pique la peau. Regardez, il grimace, devient vilain. Il était beau quand Jocelyne le regardait. Il avait l'allure de Venantino Venantini. Certains jours, c'était lui le plus bel homme du monde. Il traverse le boulevard du Midi, longe celui de Waterloo, remonte l'avenue Louise, la rue de la Régence jusqu'à la place des Sablons. C'est là que se trouve la maison qu'il a louée. Il se demande pourquoi il l'a prise si grande. Peut-être croit-il au pardon. Peut-être croit-il que Jocelyne viendra l'y rejoindre un jour ; qu'un jour on comprend les choses qu'on ne s'explique pas. Qu'un jour on est tous réunis, même les anges et les petites filles mortes. Il pense qu'il aurait dû chercher la définition de *symbiose* dans le dictionnaire, depuis le temps. Mais pour l'instant, l'excitation l'emporte. C'est un homme riche. Son bon plaisir commande.

Il achète une voiture rouge très puissante et très chère, une Audi A6 RS. Il achète une montre Patek Philippe à complication quantième annuel, une Omega Speedmaster Moonwatch.

Une télévision à écran plat de la marque Loewe et l'édition collector de la trilogie *Jason Bourne*. Il rattrape ses rêves. Il achète une dizaine de chemises Lacoste. Des bottines Berluti. Des Weston. Des Bikkembergs. Il se fait faire un costume sur mesure chez Dormeuil. Un autre chez Dior, qu'il n'aime pas. Il le jette. Il engage une femme de ménage pour la grande maison. Il déjeune dans les cafés autour de la Grand-Place. El Gréco. Le Paon. Le soir, il se fait livrer une pizza ou des sushis. Il se remet à la bière, la vraie ; celle des hommes perdus, des regards flous. Il aime la Bornem Triple, adore le vertige de la Kasteelbier qui titre 11°. Ses traits s'épaississent. Il grossit lentement. Il passe ses après-midi aux terrasses des cafés pour essayer de se faire des amis. Les discussions sont rares. Les gens sont seuls avec leurs téléphones. Ils lancent des milliers de mots dans le vide de leurs vies. À l'office du tourisme de la rue Royale, on lui recommande une croisière pour célibataires sur les canaux brugeois ; il y a deux femmes pour vingt et un affamés ; c'est un mauvais film. Le week-end, il va à la mer. À Knokke-le-Zoute, il descend au Manoir du Dragon ou à la Rose de Chopin. Il prête de l'argent qu'il ne revoit pas. Il sort parfois le soir. Il fréquente des clubs. Échange quelques baisers tristes. Il tente de séduire quelques filles. Elles rient. Ça ne se passe pas très bien. Il paye beaucoup de coupes de champagne et parfois il peut toucher un sein, un sexe tari, violacé. Ses nuits sont mauves et froides et désenchantées. Il rentre seul. Il boit seul. Il rit seul. Il regarde des films seul. Parfois il pense à Arras alors il ouvre une autre bière pour s'en éloigner, remettre les choses dans le vague.

Parfois, il choisit une fille sur Internet, comme un dessert sur un chariot dans un restaurant. La fille vient se livrer dans l'obscurité de sa grande maison, elle avale ses billets et le suce à peine parce qu'il ne bande pas. Regardez-le quand elle claque la porte : il se laisse glisser sur le carrelage froid, c'est une tragédie minable, il se recroqueville sur lui-même, c'est un vieux chien ; il sanglote, bave ses peurs et sa morve, et des ombres de sa nuit, nulle bienveillante ne tend les bras pour l'y recueillir.

Jocelyn Guerbette s'est enfui depuis dix mois quand le froid s'empare de lui.

Il prend une douche brûlante mais le froid est toujours là. De la fumée exsude de sa peau et pourtant il tremble. La pulpe de ses doigts est bleue et fripée, elle semble sur le point de se détacher. Il veut rentrer. Il est désuni. L'argent ne fait pas l'amour. Jocelyne manque. Il pense à son rire, l'odeur de sa peau. Il aime leur couple, leurs deux enfants vivants. Il aime la peur qu'il avait parfois qu'elle ne devienne trop belle, trop intelligente pour lui. Il aimait l'idée qu'il pouvait la perdre, elle le rendait meilleur mari. Il aime quand elle lève les yeux d'un livre pour lui sourire. Il aime ses mains qui ne tremblent pas, ses rêves oubliés de styliste. Il aime son amour et sa chaleur et comprend soudain le froid, le glacial. Être aimé chauffe le sang, ébouillante le désir. Il sort de la douche en frissonnant. Il ne frappe pas le mur comme il le faisait il n'y a pas si longtemps encore. Il est parvenu à apprivoiser sa douleur de Nadège, il n'en parle plus ; à Jocelyne il ne fait plus ce mal-là.

Il n'ouvre pas la bouteille de bière. Ses lèvres tremblent. Sa bouche est sèche. Il regarde le grand salon autour de lui, le vide. Il n'aime pas ce canapé blanc. Cette table basse dorée. Les magazines posés pour faire joli, que personne ne lit. Ce soir, il n'aime plus l'Audi rouge, la montre Patek, les filles qu'on paye et qui ne prennent pas dans leurs bras ; son corps épaissi, ses doigts gonflés et ce froid.

Il n'ouvre pas la bouteille de bière. Il se lève, laisse allumée la lampe de l'entrée si d'aventure Jocelyne devait le trouver cette nuit, si d'aventure une indulgence venait le frapper, et il monte. C'est un grand escalier, des images de chute affleurent. *Vertigo. Autant en emporte le vent. Le Cuirassé Potemkine.* Du sang qui coule des oreilles. Des os qui se brisent.

Ses doigts s'agrippent à la rampe ; l'idée du pardon ne commence que lorsqu'on se relève.

Il part à Londres. Deux heures de train pendant lesquelles ses mains sont moites. Comme quand on se rend à un premier rendez-vous amoureux. Quarante mètres sous la mer, il a peur. Il va voir Nadine. Elle a refusé au début. Il a beaucoup insisté. Il suppliait presque. Une affaire de vie et de mort. Elle a trouvé cette expression extrêmement mélodramatique mais elle l'a fait sourire et c'est dans ce sourire qu'il s'est engouffré.

Ils ont rendez-vous au Caffè Florian, au troisième étage du célèbre magasin Harrods. Il est en avance. Il veut pouvoir choisir la bonne table, le bon fauteuil. Il veut la voir arriver. Avoir le temps de la reconnaître. Il sait que la peine redessine les visages, change la couleur des yeux. Une serveuse s'approche. D'un geste il lui fait comprendre qu'il ne veut rien. Il a honte de ne même pas pouvoir dire en anglais : j'attends ma fille, je ne vais pas très bien made-moiselle, j'ai peur, j'ai fait une énorme bêtise.

La voilà. Elle est belle et mince et il revoit la grâce, l'émouvante pâleur de Jocelyne dans la mercerie de Mme Pillard, du temps où il n'aurait jamais pu imaginer être un voleur, un assassin. Il se lève. Elle sourit. C'est une femme ; comme le temps passe vite. Ses mains tremblent. Il ne sait pas quoi faire. Mais elle approche son visage. L'embrasse. Bonjour papa. *Papa* ; il y a mille ans. Il doit s'asseoir. Il ne va pas très bien. L'air lui manque. Elle demande si ça va. Il répond oui, oui, c'est l'émotion, je suis si heureux. Tu es si belle. Il a osé dire ça à sa fille. Elle ne rougit pas. Elle est pâle, plutôt. Elle dit, c'est la première fois de ma vie que tu me dis ça papa, quelque chose de si personnel. Elle pourrait pleurer, mais elle est forte. C'est lui qui pleure, le vieil homme. Lui qui s'accroche. Écoutez-le. Tu es si belle ma petite fille, comme ta maman. Comme ta maman. La serveuse s'approche à nouveau, glisse, silencieuse, on dirait un cygne. Doucement, Nadine lui lâche *in a few minutes, please* et Jocelyn comprend à la musique de la voix de sa fille vivante qu'il a une chance de lui parler et que cette chance c'est maintenant. Alors il plonge. Éperdu. J'ai volé ta mère. Je l'ai trahie. Je me suis enfui. J'ai honte et je sais que la honte c'est trop tard. Je. Je. Il cherche ses mots. Je. Les mots ne viennent pas. C'est difficile. Dis-moi comment je peux me faire pardonner. Aide-moi. Nadine lève la main. C'est fini, déjà. La serveuse est là. *Two large coffees, two pieces of fruit cake ; yes madam*, le voleur ne comprend rien mais il aime la voix de sa fille. Ils se regardent. La peine a changé la couleur des yeux de Nadine. Elle les avait bleus avant, du temps d'Arras. Ils sont gris maintenant, un gris de pluie ; une rue qui sèche. Elle regarde son père. Elle cherche dans le visage triste et flou ce que sa mère a aimé. Elle essaye de retrouver les traits de l'acteur italien, le rire clair, les dents blanches. Elle se souvient du beau visage qui l'embrassait le soir lorsqu'elle allait s'endormir ; des baisers de son papa qui avaient le goût des glaces à la vanille, au cookie, à la praline, la banane, le caramel. Ce qu'on a vécu de beau devient-il laid parce que la personne qui embellissait votre vie vous a trahi ? Le cadeau merveilleux d'un enfant devient-il ignoble parce que l'enfant est devenu assassin ? Je ne sais pas papa, dit Nadine. Je sais juste que maman ne va pas bien ; que le monde s'est effondré pour elle.

Et lorsqu'elle ajoute, cinq secondes plus tard, pour moi aussi tout s'est effondré, il sait que c'est terminé.

Il tend sa main vers le visage de sa fille ; il voudrait le toucher, le caresser une dernière fois, s'y réchauffer, mais sa main gelée se pétrifie. C'est un adieu curieux et triste. Nadine baisse enfin les yeux. Il comprend qu'elle le laisse repartir sans lui faire l'affront de regarder un lâche s'enfuir. C'est son cadeau pour lui avoir dit qu'elle était belle.

Dans le train du retour, il se souvient des mots de sa propre mère lorsqu'on lui annonça que son mari venait de mourir d'une crise cardiaque au bureau. Il m'a abandonnée, ton père nous a abandonnés ! Le salaud, quel salaud ! Et plus tard, après l'enterrement, quand elle

162

apprit que le cœur avait explosé alors qu'il connillait la responsable du matériel, une divorcée gourmande, elle s'était tue. Définitivement. Elle avait rentré les mots en elle, cousu sa bouche et Jocelyn encore enfant avait vu le cancer du mal des hommes dans le cœur des femmes.

À Bruxelles, il se rend à la librairie Tropismes, dans la galerie des Princes. Il se souvient du livre duquel elle levait parfois les yeux pour lui sourire. Elle était belle dans sa lecture. Elle semblait heureuse. Il demande *Belle du Seigneur*, choisit la version grand format, celle qu'elle lisait. Il achète un dictionnaire aussi. Puis il passe ses journées à lire. Il cherche la définition des mots qu'il ne comprend pas. Il veut trouver ce qui la faisait rêver, ce qui la rendait belle et lui faisait parfois lever les yeux sur lui. Peut-être voyait-elle Adrien Deume et peut-être l'aimait-elle justement pour cela. Les hommes pensent qu'ils sont aimables en Seigneurs alors qu'ils sont peut-être simplement effrayants. Il écoute les soupirs de la Belle ; les apartés de la *religieuse de l'amour*. Il s'ennuie parfois le long des longs monologues. Il se demande pourquoi il n'y a plus de ponctuation pendant plusieurs pages ; il lit alors le texte à voix haute et dans l'écho du grand salon sa respiration change, s'emballe ; il ressent soudain un vertige, comme au cœur d'un ravissement ; quelque chose de féminin, de gracieux, et il comprend le bonheur de Jocelyne.

Mais la fin est cruelle. À Marseille, Solal frappe Ariane, l'oblige à coucher avec son ancien amant ; la belle est une cocotte sans grâce. Et c'est la chute genevoise. En le refermant Jocelyn se demande si le livre ne confortait pas sa femme dans l'idée qu'elle avait dépassé « l'ennui et la lassitude » qui consumèrent les amants romanesques et qu'elle était, à sa façon, parvenue à un amour dont la perfection n'était pas dans les coutures, les coiffures et les chapeaux mais dans la confiance et la paix.

Belle du Seigneur était peut-être le livre de la perte et Jocelyne le lisait pour mesurer ce qu'elle avait sauvé.

Il veut rentrer maintenant. Il a plein de mots pour elle ; des mots qu'il n'a jamais prononcés. Il sait désormais ce que *symbiose* veut dire.

Il a peur de téléphoner. Il a peur de sa propre voix. Il a peur qu'elle ne décroche pas.

Il a peur des silences et des sanglots. Il se demande s'il ne doit pas juste rentrer, arriver ce soir à l'heure paisible du dîner, mettre la clé dans la serrure, pousser la porte. Croire aux miracles. À la chanson de Reggiani, les paroles de Dabadie, *Est-ce qu'il y a quelqu'un/Est-ce qu'il y a quelqu'une/D'ici j'entends le chien/Et si tu n'es pas morte/Ouvre-moi sans rancune/Je rentre un peu tard je sais.* Mais si elle a changé la serrure. Mais si elle n'est pas là. Alors il décide d'écrire une lettre.

Plus tard, des semaines plus tard, lorsqu'elle est achevée, il la porte au bureau de poste de la place Poellaert, près du palais de justice. Il est inquiet. Il demande plusieurs fois si l'affranchissement est suffisant. C'est une lettre importante. Il regarde la main qui jette sa lettre pleine d'espoirs et de départs dans le panier ; et très vite d'autres lettres tombent, couvrent la sienne, l'asphyxient, la font disparaître. Il se sent perdu. Il est perdu.

Il rentre dans la grande maison vide. Il n'y reste plus que le canapé blanc. Il a tout vendu, tout donné. La voiture, le téléviseur, *Jason Bourne*, l'Omega, il n'a pas retrouvé la Patek, il s'en fout.

165

Il attend sur le canapé blanc. Il attend qu'une réponse glisse sous sa porte. Il attend longtemps, longtemps et rien ne vient. Il tremble et dans les jours qui passent, immobiles, son corps de froid s'engourdit. Il ne mange plus, il ne bouge plus. Il boit quelques gorgées d'eau chaque jour et, lorsque les bouteilles sont vides, il ne boit plus. Parfois il pleure. Parfois il parle tout seul. Il prononce leurs deux prénoms. C'était la symbiose, il ne l'avait pas vue.

Quand son agonie commence, il est heureux.

La mer est grise à Nice.

Il y a de la houle au loin. Des dentelles d'écume. Quelques voiles qui s'agitent, comme des mains qui appellent au secours mais que personne n'attrapera plus.

C'est l'hiver.

La plupart des volets des immeubles de la Promenade des Anglais restent baissés. Ils sont comme des pansements sur les façades usées. Les vieux sont calfeutrés chez eux. Ils regardent les nouvelles à la télévision, la météo mauvaise. Ils mâchent longtemps avant d'avaler. Ils font soudain durer les choses. Puis ils s'endorment dans le canapé, une petite laine sur les jambes, le poste allumé. Ils doivent tenir jusqu'au printemps, sinon on les y retrouvera morts ; avec les températures des premiers beaux jours les odeurs nauséabondes s'insinueront sous les portes, dans les cheminées, les cauchemars. Les enfants sont loin. Ils ne viennent qu'aux premières chaleurs. Quand ils peuvent profiter de la mer, du soleil, de l'appartement du pépé. Ils reviennent lorsqu'ils peuvent prendre les mesures, planifier leurs rêves : agrandir le salon, refaire les chambres, la salle de bain, installer une cheminée, mettre un olivier en pot sur le balcon et un jour manger leurs propres olives.

Il y a près d'un an et demi, j'étais assise ici, seule, au même endroit, la même saison. J'avais froid et je l'attendais.

Je venais de quitter vivante, apaisée, les infirmières du centre. En quelques semaines, j'y avais tué quelque chose de moi.

Quelque chose de terrible qu'on nomme la bonté.

Je l'avais laissée me quitter, comme une sanie, un enfant mort ; un cadeau que l'on vous fait et reprend aussitôt.

Une atrocité.

Il y a près de dix-huit mois, je m'étais laissée

mourir pour accoucher d'une autre. Plus froide, plus anguleuse. La douleur vous refaçonne toujours d'une curieuse manière.

Et puis la lettre de Jo était arrivée, petit point d'orgue au deuil de celle que je fus. Une enveloppe expédiée de Belgique ; au dos, une adresse à Bruxelles, place des Sablons. À l'intérieur, quatre pages de son écriture approximative. Des phrases étonnantes, des mots nouveaux, comme tout droit sortis d'un livre. *Je sais maintenant, Jo, que l'amour supporte mieux la mort que la trahison*[1]. Son écriture peureuse. À la fin, il voulait rentrer. Juste ça. Rentrer chez nous. Retrouver la maison. Notre chambre. L'usine. Le garage. Ses petits meubles bricolés. Retrouver nos rires. Et le Radiola et les bières sans alcool et les copains le samedi, mes seuls vrais copains. *Et toi*. Il voulait me retrouver moi. Re-être aimé de toi, écrivait-il, j'ai compris : *aimer c'est comprendre*[2]. Il promettait. Je me ferai pardonner. J'ai eu peur, je me suis enfui. Il jurait. S'époumonait. Je t'aime, écrivait-il. Tu manques. Il étouffait. Il ne

---

1. D'après André Maurois (1885-1967), « L'amour supporte mieux l'absence ou la mort que le doute ou la trahison ».
2. D'après Françoise Sagan (1935-2004), « Aimer, ce n'est pas seulement "aimer bien", c'est surtout comprendre ». (*in Qui je suis*).

mentait pas, je le sais ; mais c'était trop tard pour ses mots appliqués et jolis.

Mes rondeurs miséricordieuses avaient fondu. La glace sourdait. Tranchante.

À sa lettre, il avait joint un chèque.

Quinze millions cent quatre-vingt-six mille quatre euros et soixante-douze centimes.

À l'ordre de Jocelyne Guerbette.

Voilà, je te demande pardon, disaient les chiffres. Pardon pour ma trahison, ma lâcheté ; pardon pour mon crime, mon désamour.

Trois millions trois cent soixante et un mille deux cent quatre-vingt-seize euros et cinquante-six centimes étaient venus à bout de son rêve et du dégoût de lui-même.

Il avait dû acheter sa Porsche sans doute, son écran plat, l'intégrale des films de l'espion anglais, une Seiko, une Patek Philippe, une Breitling peut-être, brillante, clinquante, quelques femmes plus jeunes et plus belles que moi, épilées, gonflées, parfaites ; il avait dû faire de mauvaises rencontres, comme on en fait toujours quand on a un trésor – souvenez-vous du chat et du renard qui volent les cinq pièces que Mangefeu avait confiées à Pinocchio ; il avait dû vivre quelque temps comme un prince, comme on a toujours envie de le faire lorsque la fortune vous tombe soudain dessus, pour se venger de ne pas l'avoir eue plus tôt, de ne pas l'avoir eue du tout. Des hôtels cinq étoiles, du Taittinger Comtes de Champagne, du caviar ; et puis des caprices, je peux si bien l'imaginer, mon voleur : je n'aime pas cette chambre, la douche goutte, la viande est trop cuite, les draps grattent ; je veux une autre fille ; je veux des amis.

Je veux ce que j'ai perdu.

Je n'ai jamais répondu à la lettre de mon meurtrier. Je l'ai laissée glisser, s'échapper de ma main – les feuilles papillonnèrent un instant, et lorsqu'elles touchèrent enfin le sol, elles furent réduites en cendres et je me mis à rire.

Ma dernière liste.

Aller chez le coiffeur, manucure et épilation (pour la première fois de ma vie, me faire enlever les poils des jambes/aisselles/maillot – pas tout quand même – par quelqu'un d'autre que moi, hum, hum).

Passer deux semaines à Londres avec Nadine et son amoureux roux.

Lui donner les sous pour réaliser son prochain petit film (elle m'a envoyé le scénario d'après une nouvelle de Saki, c'est génial !!!).

Ouvrir un compte épargne pour mon filou de fils.

Choisir une nouvelle garde-robe (je fais du 38

maintenant !!!!! Des hommes me sourient dans la rue !!!!!).

 Organiser une exposition des dessins de maman.

 Acheter une maison avec un grand jardin et une terrasse d'où l'on voit la mer, le Cap Ferrat, où papa sera bien. Surtout ne pas demander le prix, juste faire le chèque, avec <u>désinvolture</u> :–)

 Faire venir la tombe de maman près de moi et de papa. (Dans le jardin de la maison ci-dessus ?)

 Donner un million à quelqu'un par hasard. (Qui ? Comment ?)

 Vivre avec lui. (À côté, en fait.) Et attendre :-(
 Et c'est tout.

J'ai réalisé toutes les choses de ma dernière liste à deux détails près. J'ai finalement fait une épilation maillot intégrale – c'est curieux, très petite fille –, et je n'ai pas encore décidé à qui j'allais donner un million. J'attends le sourire inattendu, un fait divers dans le journal, un regard triste et bienveillant ; j'attends un signe.

J'ai passé deux semaines merveilleuses à Londres avec ma fille. J'ai retrouvé les moments anciens, lorsque la cruauté de Jo me faisait me réfugier dans sa chambre où elle caressait mes cheveux jusqu'à ce que je retrouve le calme d'un lac. Elle m'a trouvée jolie, je l'ai trouvée heureuse. Fergus, son amoureux, est le seul Irlandais d'Angleterre qui ne boit pas de bière et ce détail fit de moi une maman exaucée. Un matin, il nous emmena à Bristol, me fit visiter le studio Aardman où il travaillait ; donna mon visage à une fleuriste devant laquelle Gromit passait en courant poursuivi par un chien minuscule. Ce fut une journée belle comme l'enfance.

Quand nous nous séparâmes à Saint-Pancras, nous ne pleurâmes pas. Nadine me dit que son père était venu la voir il y a pas mal de temps, il avait l'air perdu, mais je n'écoutai pas, puis elle chuchota à mon oreille des mots de maman : tu mérites une jolie vie maman, tu es quelqu'un de bien, essaie d'être heureuse avec lui.

Lui. Mon Vittorio Gassman ; voilà aussi plus d'un an et demi que je vis à côté de lui. Il est aussi beau qu'au jour de notre baiser au Negresco, ses lèvres ont gardé le parfum de l'Orange Pekoe, mais lorsqu'il embrasse les miennes désormais, mon cœur ne s'emballe pas, ma peau ne frissonne pas.

Il fut la seule île dans ma peine.

Je l'avais appelé juste après que le contre-maître de Jo m'eut confirmé qu'il avait posé une semaine de vacances. Le jour où je me sus trahie. Je l'avais appelé sans croire un instant qu'il se souviendrait de moi, il n'était peut-être qu'un prédateur qui endormait la fidélité des femmes avec une tasse de thé au bar du Negresco, sous la délicieuse tentation de dizaines de chambres libres. Il m'avait tout de suite reconnue. Je vous espérais, dit-il. Sa voix était grave, calme. Il m'avait écoutée. Il avait entendu ma colère. Compris la mutilation. Et il prononça ses quatre mots de révérence, *laissez-moi vous aider.*

Le sésame qui m'ouvrait. M'incisait enfin. Faisait de moi la *Belle* éthérée ; Ariane Deume au bord du vide un certain vendredi genevois de septembre 1937.

Je l'ai laissé m'aider. Je me suis livrée.

Nous allons tous les jours à la plage et tous les jours nous nous asseyons sur les inconfortables galets. Je n'ai pas voulu de petites chaises en toile ni de coussins. Je veux tout comme à notre premier jour, le jour de mon rêve d'amante possible ; ce jour où je décidai que ni la méchanceté de Jo ni ma solitude n'étaient des raisons suffisantes. Je ne regrette rien. Je m'étais offerte à Jo. Je l'avais aimé sans résis-

tance ni arrière-pensées. J'avais fini par chérir
le souvenir de sa main moite sur la mienne lors
de notre premier rendez-vous au tabac des
Arcades ; il m'arrivait encore de pleurer de joie
lorsque je fermais les yeux et entendais ses premiers mots, *c'est vous qui êtes une merveille.* Je
m'étais faite à son odeur âcre, animale. Je lui
avais beaucoup pardonné parce que l'amour
demande beaucoup de pardons. Je m'étais pré-
parée à vieillir à ses côtés sans qu'il ne m'ait
jamais dit de mots jolis, une phrase fleurie, vous
savez, ces idioties qui font chavirer le cœur des
filles et les rendent fidèles pour toujours.

J'avais essayé de mincir non pour qu'il me
trouvât plus belle mais pour qu'il fût fier de
moi.

Tu es belle, me dit celui qui en profite
désormais tandis que je voulais être belle pour
un autre ; mais j'aimerais te voir sourire parfois
Jo. C'est un homme bon ; qui n'a pas connu
la trahison. Son amour est patient.

Je souris le soir, parfois, lorsque nous ren-
trons chez nous, dans cette immense et ravissante villa de Villefranche-sur-Mer dont j'ai
signé l'acte d'achat *avec désinvolture,* le chèque
avec *légèreté* ; lorsque je retrouve papa, assis sur

la terrasse, son infirmière près de lui ; papa qui regarde la mer et cherche dans les nuages, avec ses yeux d'enfant, des paréidolies : des ours, des cartes de terres promises, des dessins de maman.

Je souris pendant six minutes lorsque je lui invente une vie nouvelle dans la fraîcheur du soir.

Tu es un grand médecin papa, un chercheur émérite ; fait chevalier de la Légion d'honneur sur proposition du ministre Hubert Curien. Tu as mis au point un médicament contre la rupture d'anévrisme basé sur l'enzyme 5-lipoxygénase et tu étais sur la liste du Nobel. Tu avais même préparé un discours en suédois et tous les soirs, tu venais le répéter dans ma chambre et je riais de ton accent guttural et grave. Mais c'est Sharp et Roberts qui l'ont eu cette année-là, pour leur découverte des gènes dupliqués.

C'était hier soir et papa avait aimé sa vie.

Ce soir ; tu es un contreténor fabuleux. Tu es beau et les femmes hurlent et leurs cœurs s'emballent. Tu as étudié à la Schola Canto-rum de Bâle et c'est le *Guilo Cesare in Egitto* de Haendel qui t'a rendu célèbre ; oui, et c'est comme ça que tu as rencontré maman. Elle t'a félicité après ton récital, elle est venue dans ta loge, elle tenait des roses sans épines à la main, elle pleurait ; tu es tombé amoureux d'elle et elle t'a rattrapé dans ses bras.

Des larmes montent à ses yeux, brillantes, heureuses.

Demain, je te raconterai que tu fus le plus merveilleux, le plus formidable des papas. Je te raconterai la douche que maman t'obligeait à prendre dès que tu rentrais parce qu'elle craignait que le chlorure de didecyl ne nous transforme en monstres de *La Soupe aux choux*. Je te raconterai nos parties de Monopoly, je te dirai que tu trichais pour me laisser gagner et je te confesserai qu'une fois tu m'as dit que j'étais belle, que je t'ai cru et que ça m'a fait pleurer.

Oui, je souris le soir ; parfois.

La maison est silencieuse.

Papa dort dans la chambre fraîche du rez-de-chaussée. L'infirmière est partie retrouver son fiancé ; c'est un grand gaillard au joli sourire, il a des rêves d'Afrique, d'écoles et de puits (un candidat pour mon million ?).

Nous avons bu une tisane, mon Vittorio Gassman et moi, tout à l'heure, dans les ombres de la terrasse ; sa main tremblait dans la mienne, je sais que je ne suis pas sûre, du vent sans doute, une brindille peut-être ; je dois être si intranquille désormais pour un homme, je n'y puis rien.

Il s'est levé en silence, a déposé un baiser sur

mon front : ne tarde pas trop Jo, je t'attends ;
et avant d'aller espérer dans notre chambre une
guérison qui ne viendra pas ce soir, il a mis le
CD de cette aria de Mozart que j'aime tant,
juste assez fort pour qu'elle baigne la terrasse
mais ne réveille pas le contreténor fabuleux, le
tricheur au Monopoly et le presque Prix
Nobel.

Et ce soir, comme tous les soirs, dans un
playback parfait, mes lèvres épousent celles de
Kiri Te Kanawa, articulent le bouleversant
récitatif de la comtesse Almaviva : *Dove sono i
bei momenti/Di dolcezza e di piacer ?/Dove
andaro i giuramenti/Di quel labbro menzogner ?/
Perché mai se in pianti e in pene/Per me tutto si
cangio/La memoria di quel bene/Dal mio sen non
trapasso*[1] ?

Je chante pour moi, en silence, le visage
tourné vers la mer obscure.

Je suis aimée. Mais je n'aime plus.

---

1. « Où sont allés les beaux moments/De tendresse et de plaisir ?/Où
sont allés les serments/De ces lèvres menteuses ?/Pourquoi si tout s'est
changé pour moi/En larmes et en peine/Pourquoi leur souvenir/N'a-t-il
pas quitté mon cœur ? » (*Les Noces de Figaro*, acte III).

De mariane62@yahoo.fr
À Jo@dixdoigtsdor.com

Bonjour Jo. Je suis une fidèle de votre blog depuis le début. Il m'a réconfortée à une période où je n'étais pas très bien dans ma vie et m'a permis de m'accrocher à vos fils à bâtir et autres morceaux de laine Azurite pour ne pas tomber… Grâce à vous et vos jolis mots, je ne suis pas tombée. Merci de tout cœur. C'est à mon tour d'être là pour vous si vous voulez, si vous en avez besoin. Je voulais que vous le sachiez. Mariane.

De sylvie-poisson@laposte.net
À Jo@dixdoigtsdor.com

J'adore votre blog. Mais pourquoi n'y écrivez-vous plus ? Sylvie Poisson, de Jenlain.

PS. Je ne dis pas que les articles de Mado et Thérèse ne sont pas bien, mais ce n'est pas la même chose :-)

De mariedorves@yahoo.fr
À Jo@dixdoigtsdor.com

Bonjour Jo. Vous vous souvené de moi ? Vous m'avez très gentillement répondu lorsque je vous avez envoyer mes vœux d'établissement pour votre mari qui avez la grippe hn. Vous avez l'air si amoureux de lui que ça fezé du bien. Mon mari est mort dernièrement du travail il a reçu une machine de béton sur la tête dans un chantier et sé votre mot que j'ai lu dans le cimetière qu'en vous disez qu'on a q'un seul amour et moi c'été lui, mon Jeannot. Il me manque et vous aussi. Allé, je vous laisse passeque je commence à pleuré.

De françoise-et-daniele@coiffesthetique_arras.fr
À Jo@dixdoigtsdor.com

Jo, t'es diiiiiiiiingue ! T'es folle !!! Folle folle et refolle ! Elles sont superbes. Et avec les oignons jacques peints sur le toit et les rétroviseurs chromés elles sont belles, belles, belles comme dans la chanson de Cloclo ! C'est les Mini les plus chou qu'on ait jamais vues. Les gens dans le quartier pensent que c'est nous qui avons gagné ! Tu te rends compte ! On a plein de prétendants maintenant, on nous envoie des fleurs, des poèmes, des chocolats. On va finir obèses !!!!! Il y a même un gamin de quinze ans qui est amoureux de nous deux et qui veut s'enfuir avec nous. Il nous attend tous les soirs avec sa valise derrière le beffroi, tu imagines ! Un soir, on s'est cachées pour voir la tête qu'il avait, il est très mignon !!! Quinze ans, tu te rends compte ! Et il nous veut toutes les deux, ah ! Dans sa dernière lettre, il a dit qu'il se tuerait si nous ne venions pas, c'est super craquant ! Le salon est tout le temps plein, on a dû engager deux filles dont Juliette Bocquet, tu te souviens peut-être d'elle, elle était sortie avec Fabien Derôme et ça s'était mal passé parce que ses parents croyaient qu'il l'avait mise enceinte, bref, c'est du passé tout ça. Toujours est-il qu'avec tes Mini on est les belles d'Arras maintenant et bientôt on descendra te voir même si tu refuses toujours, on te fera une surprise. Bon, on imagine que tu sais ce qui est arrivé à Jo, comment les voisins ont prévenu la police à cause de l'odeur ; ça a été un choc pour tout le monde ici, surtout qu'il souriait, mais on n'en parle plus.

Déjà presque deux heures, on te laisse Jo, on va faire notre petit loto et puis on retourne ouvrir le salon. On t'embrasse des milliers de bises. Les jumelles qui t'aiment.

De fergus@aardman-studios.uk
À Jo@dixdoigtsdor.com

Hi beautiful maman. Just ces few words pour dire que Nadine est en attendre de le baby et kelle ose pas dire me on est very very happy. Viens bientot elle ora need you. Warm kisses. Fergus.

De faouz_belle@faouz_belle.be
À Jo@dixdoigtsdor.com

Bonjour madame Guerbette.

Je suis Faouzia, je vis à Knokke-le-Zoute où j'ai rencontré votre mari. Il parlait tout le temps de vous, de votre mercerie, de votre site ; il pleurait parfois et me payait pour le consoler. Je n'ai fait que mon job et je sais que vous ne m'en voudrez pas. Avant de partir, il m'a donné une montre Patek et ayant récemment appris sa vraie valeur, j'ai pensé qu'elle vous revenait. Merci de me dire où je peux vous l'envoyer. Je suis désolée de ce qui vous est arrivé. Faouzia.

De maelysse.quemener@gmail.fr
À Jo@dixdoigtsdor.com

Je cherche du fil à broder mouliné gris mouette, en avez-vous ? Et savez-vous s'il existe des ateliers de tapisserie au crochet dans la région de Bénodet, je voudrais apprendre ? Merci pour votre aide.

REMERCIEMENTS

À Karina Hocine, qui émerveille.

À Emmanuelle Allibert, la plus attachante des attachées de presse.

À Claire Silve, sa revigorante exigence.

À Grâce, Sibylle et Raphaële, qui furent les trois premières amies de Jocelyne.

À toutes les bloggeuses, lectrices et lecteurs qui m'encouragent depuis *L'Écrivain de la famille*, dont l'enthousiasme et l'amitié m'ont soufflé la joie de ce livre.

À tous les libraires qui ont défendu mon premier roman.

À Valérie Brotons-Bedouk, qui m'a fait goûter aux *Noces de Figaro*.

À Dana enfin, qui est l'encre de tout.

Achevé d'imprimer par GGP Media GmbH, Pößneck
en décembre 2012
pour le compte de France Loisirs,
Paris

N° d'éditeur : 70838
Dépôt légal : septembre 2012
Imprimé en Allemagne